共和国故事

登堂入室
——中国非公有制经济飞速发展

郑明武 编写

吉林出版集团股份有限公司

图书在版编目（CIP）数据

登堂入室：中国非公有制经济飞速发展/郑明武编. —长春：吉林出版集团有限责任公司，2009.12

（共和国故事）

ISBN 978-7-5463-1836-3

Ⅰ．①登… Ⅱ．①郑… Ⅲ．①纪实文学–中国–当代 Ⅳ．①I25

中国版本图书馆 CIP 数据核字（2009）第 233757 号

登堂入室——中国非公有制经济飞速发展

DENGTANG RUSHI　　ZHONGGUO FEIGONGYOUZHI JINGJI FEISU FAZHAN

编写　郑明武

责任编辑　祖航　李娇　王贝尔

出版发行　吉林出版集团股份有限公司

印刷　三河市嵩川印刷有限公司

版次　2010 年 1 月第 1 版　　2022 年 1 月第 9 次印刷

开本　710mm×1000mm　1/16　　印张　8　字数　69 千

书号　ISBN 978-7-5463-1836-3　　定价　29.80 元

社址　吉林省长春市福祉大路 5788 号

电话　0431-81629968

电子邮箱　tuzi8818@126.com

版权所有　翻印必究

如有印装质量问题，请寄本社退换

前　言

自 1949 年 10 月 1 日中华人民共和国成立至今,新中国已走过了 60 年的风雨历程。历史是一面镜子,我们可以从多视角、多侧面对其进行解读。然而有一点是可以肯定的,那就是,半个多世纪以来,在中国共产党的领导下,中国的政治、经济、军事、外交、文化、教育、科技、社会、民生等领域,都发生了深刻的变化,中国人民站起来了,中华民族已屹立于世界民族之林。

60 年是短暂的,但这 60 年带给中国的却是极不平凡的。60 年的神州大地经历了沧桑巨变。从开国大典到 60 年国庆盛典,从经济战线上的三大战役到经济总量居世界第三位,从对农业、手工业、资本主义工商业的三大改造到社会主义市场经济体制的基本确立,从宜将剩勇追穷寇到建立了强大的国防军,从废除一切不平等条约到独立自主的和平外交政策,从"双百"方针到体制改革后的文化事业欣欣向荣,从扫除文盲到实施科教兴国战略建设新型国家,从翻身解放到实现小康社会,凡此种种,中国人民在每个领域无不留下发展的足迹,写就不朽的诗篇。

60 年的时间在历史的长河中可谓沧海一粟。其间究竟发生了些什么,怎样发生的,过程怎样,结果如何,却非人人都清楚知道的。对此,亲身经历者或可鲜活如昨,但对后来者来说却可能只是一个概念,对某段历史的记忆影像或不存在,或是模糊的。基于此,为了让年轻人,特别是青少年永远铭记共和国这段不朽的历史,我们推出了这套《共和国故事》。

《共和国故事》虽为故事,但却与戏说无关,我们不过是想借助通俗、富于感染力的文字记录这段历史。在丛书的谋篇布局上,我们尽量选取各个时代具有代表性或深具普遍意义的若干事件加以叙述,使其能反映共和国发展的全景和脉络。为了使题目的设置不至于因大而空,我们着眼于每一重大历史事件的缘起、过程、结局、时间、地点、人物等,抓住点滴和些许小事,力求通透。

历史是复杂的,事态的发展因素也是多方面的。由于叙述者的视角、文化构成不同,对事件的认知或有不足,但这不会影响我们对整个历史事件的判断和思考,至于它能否清晰地表达出我们编辑这套书的本意,那只能交给读者去评判了。

这套丛书可谓是一部书写红色记忆的读物,它对于了解共和国的历史、中国共产党的英明领导和中国人民的伟大实践都是不可或缺的。同时,这套丛书又是一套普及性读物,既针对重点阅读人群,也适宜在全民中推广。相信它必将在我国开展的全民阅读活动中发挥大的作用,成为装备中小学图书馆、农家书屋、社区书屋、机关及企事业单位职工图书室、连队图书室等的重点选择对象。

编　者

2010年1月

目录

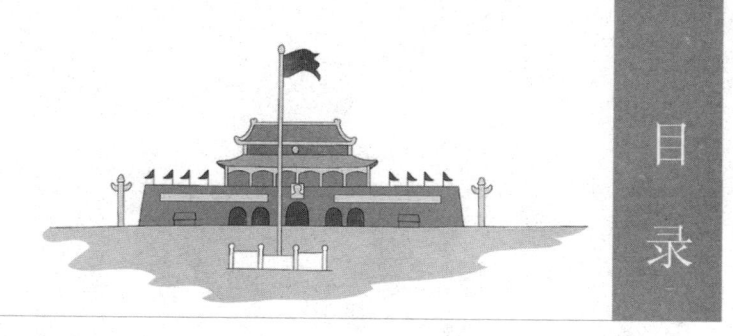

一、获得认同

"万言书"责难非公有制经济/002

十五大冲破所有制崇拜/007

呼吁提高私营经济的地位/011

非公有制经济人员积极入党/014

保护私有财产写进宪法/019

二、个体经济

中央允许个体经济发展/024

各地不断完善私营经济政策/027

大批个体户走上富裕路/032

义乌小商品市场创辉煌/037

三、私营经济

党中央认同私营经济发展/046

私营经济叱咤科技领域/051

私营经济迅速发展/062

私企在互联网上创奇迹/074

私企推动制造业大发展/081

中国私企称雄海外市场/091

目录

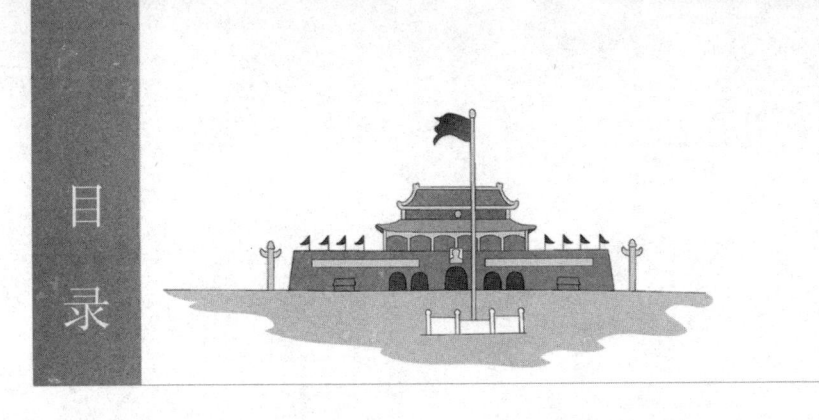

四、外资经济

邓小平提出吸收国外资金/096

第一个合资企业取得成功/100

世界汽车巨头投资中国汽车业/110

一、获得认同

- 江泽民说:"离开本国实际和时代发展来谈马克思主义,没有意义。"

- 还有人说:"在入党的资格与条件的问题上,非公有制经济的从业人员应该与其他公民相同。"

- 刘永好坐在自己的车里,在手机中高兴地对记者说:"我是带着笑容离开北京的,因为保护私产终于写进了宪法。"

"万言书"责难非公有制经济

1993年,也就是邓小平南方谈话的第二年,神州大地呈现一片生机勃勃。

此时,受到邓小平讲话精神的鼓舞,中国非公有制经济取得了较大的发展。

然而,就在当年,各地由于基础建设上得过猛,摊子铺得太大,通货膨胀压力剧增,全国零售物价上涨13%,大城市生活物价上涨22%。

同年6月,为了迅速纠正混乱的金融秩序,控制不断升温的经济,中共中央、国务院联合发出《关于当前经济情况和加强宏观调控的意见》,又称为"十六条",启动了宏观调控。

由于宏观调控采取适当的强硬手段压缩了信贷投资和经济规模,导致企业日子难过,使公有制经济内部千疮百孔的局面暴露出来了。

在此期间,大批国有企业不适应市场经济,成为"休克鱼"。这些企业不赚钱甚至亏损,成为政府最头疼的问题。

针对这种情况,1993年11月召开的党的十四届三中全会通过的《中共中央关于建立社会主义市场经济体制若干问题的决定》指出:

一般小型国有企业，有的可以实行承包经营、租赁经营，有的可以改组为股份合作制，也可以出售给集体或个人。出售企业和股权的收入，由国家转投于急需发展的产业。

这个"决定"，打破了长期以来的所有制崇拜，改革的锋芒触及所有制。这是新形势下思想解放的成果，也是经济体制改革的一大突破。

然而，就在这种情况下，又一场关于私营经济的争论开始了。

1994年下半年，尽管当时邓小平的南方谈话打破了姓"社"姓"资"的禁锢，然而，有些人对非公有制经济的责难还是不肯罢休。这一次，又变换新面孔出现了，争论的焦点从姓"社"姓"资"变成了姓"公"姓"私"。

年初，在首都北京，一种新的"手抄本"开始流传。这些打印成小薄册的文章，一般没有作者署名，人们称之为"万言书"。

"万言书"先是在京城通过一些渠道广泛散发，然后再向全国各地流传。奇妙的是，虽然是非正式出版的打印本，但流传极广，不胫而走。

很快，各地政界、企业界、知识界消息灵通的人士，能看到的都看了。一时间，私营经济的从业人员又开始紧张起来。

"万言书"的文章很多，其中，影响比较大的"万言书"，一共有4篇。

第一篇"万言书"大约写于1994年下半年，题目叫《影响我国国家安全的若干因素》。此文的主旨是说，改革开放以来私营经济的发展，对国家安全产生了严重的威胁。这实际上是前几年姓"社"姓"资"争论的延续。

1995年夏秋之间，第二份比较有影响的"万言书"开始出现，文章的题目是《未来一二十年我国国家安全的内外形势及主要威胁的初步探讨》，仍然没有作者署名。

第二份"万言书"的主旨同第一份"万言书"一样，仍然在论证我国国家安全面临严重威胁。这一次，作者关注的焦点是苏联解体和东欧剧变之后的国际形势。

文章认为，和平演变是主要威胁。当然，作者丝毫也没有忘记鞭挞私营经济和"一个正在形成的新的资产阶级"。在作者看来，这正是中国和平演变的基础。

第三份"万言书"的题目是《关于坚持公有制主体地位的若干理论和政策问题》。

第三份"万言书"提出，马克思和恩格斯在《共产党宣言》中指出，所有制问题是社会主义运动的基本问题。当今中国，两种改革开放观的对立，焦点就在于坚持还是否定公有制的主体地位。文章要点如下：近年来，在不少报刊上频繁出现私有制优于公有制这样的宣传。

对这些宣传绝不可轻视，因为它从思想深处动摇着人们对公有制和社会主义的信念。

一些私营企业是靠非法手段获得发展的，而绝非其本身比公有经济优越。

第三份"万言书"争论的焦点还是在"公"与"私"，争论的实质是改革的锋芒能不能指向所有制。

这个争论，经过3个"万言书"的挑战，从幕后到台前，从隐蔽到公开，愈演愈烈。

第四份"万言书"的题目是《1992年以来资产阶级自由化的动态和特点》。文章列举了资产阶级自由化的六类言论，列举了"自由化分子"的名单以及发表过自由化言论的媒体名单，并且点了一大批有自由化言论的书籍。

随着4份"万言书"的相继出现，1997年初发生的另一件与私营经济密切相关的重要事件，那就是某些人发动的对时任中共广东省委常委、深圳市委书记厉有为的批判。

与此同时，非公有制经济发展较好的温州，也成为了争议的焦点。

温州地处东南一隅，在很长一段时间内，这里交通不便，国家投资甚少，耕地资源严重不足。

这一切，逼得温州人把自家古来的法宝"重视商业、自谋生路"的传统重新拾起来。"温州生意郎，挑担走四方"有了新的时代意义。

20世纪70年代末80年代初,温州的家庭企业就取代了"社队企业"迅速崛起。到1985年,温州全市个体户达13万户,家庭企业产值占到全市农村工业总产值的70%以上。

20世纪80年代中至90年代初,私营性质的股份合作制企业又成了温州企业的典型组织形式。

此时,"温州模式"引起了极大的争议。

一些人认为,温州的企业姓"资"不姓"社"、姓"私"不姓"公"。

在这种形势下,刚刚尝到非公有制经济甜头的温州商人乃至全国的私营企业主,都开始担心起来,他们担心中央的政策会再次变化。

于是,全国私营经济的从业人员们,开始一边经营,一边敏锐地观察着中央经济政策的动向。

此时,他们渴盼着中央再次为私营经济的发展,说句让他们放心的话。

十五大冲破所有制崇拜

1997年5月29日,在党的十五大召开的前几个月,江泽民总书记在中共中央党校发表重要讲话。

江泽民说:

> 完善以公有制为主体、多种所有制经济共同发展的所有制结构,具有重大意义。要坚持生产关系一定要适应生产力发展水平的马克思主义基本观点,以是否有利于发展社会主义生产力、有利于增强社会主义国家的综合国力、有利于提高人民的生活水平为标准,努力寻找能够极大促进生产力发展的公有制实现形式,一切反映社会化生产规律的经营方式和组织形式都可以大胆利用。
>
> 实践证明,我们这样做,没有离开社会主义,而是在脚踏实地地建设社会主义,使社会主义在中国真正活跃和兴旺起来了。

江泽民的此次讲话,是向外界提前传达了党的十五大报告的主要精神,就是提前"吹风"。

江泽民在论述了社会主义初级阶段理论和邓小平理

论的重要意义之后，还明确地指出：

> 离开本国实际和时代发展来谈马克思主义，没有意义。孤立静止地研究马克思主义，把马克思主义同它在现实生活中的生动发展割裂开来、对立起来，是没有出路的。

江泽民的这些话，有力地驳斥了"万言书"的作者拿着马克思的条条到处吓唬人的做法。

这是两年多来，党中央最高领导第一次公开地回答"万言书"的指责。

一时间，全国各界都认为，江泽民此次讲话，催动了新的思想解放，即自1978年党的十一届三中全会以来的第三次思想解放。

同时，无论是官方还是民间，都把这次讲话叫做"五二九"讲话。

1997年9月12日，举国关注的中国共产党十五次全国代表大会在北京隆重召开了。

在此次大会上，江泽民所作报告的主旨，就是他在"五二九"讲话中阐述的精神。

党的十五大报告明确提出：

> 非公有制经济是我国社会主义市场经济的重要组成部分……

> 要健全财产法律制度，依法保护各类企业的合法权益和公平竞争，并对他们进行监督管理。

同时，党的十五大报告还提出：

> 公有制为主体，多种所有制共同发展，是我国社会主义初级阶段的一项基本经济制度。

关于所有制的新论述，是理论方面的大突破，而且具有很强的针对性。它针对的就是"万言书"所提出的关于非公有制经济的地位以及股份制等问题。

对于个体、私营经济的业主和从业人员来说，最让他们激动的就是"非公有制经济是我国社会主义市场经济的重要组成部分"这一句话。

非公有制经济已经不仅仅是"补充"，而且是"重要组成部分"。

于是，个体、私营经济从中国经济的"另册"变成了"自家人"。

此后两天，在党的十五大会议上，党和政府领导人的讲话，进一步扫清了人们对私营经济的顾虑。

在党的十五大陕西代表团小组讨论会上，时任国务院副总理的朱镕基说，国有经济起主导作用主要体现在控制力上，当时中国的国有企业仍然牢牢控制着国家的经济命脉，因此发展非公有制经济没有危险。

针对社会上有人提出"非公有制经济在国民经济中所占比重越来越大这个问题"，朱镕基说："公有制经济不仅包括国有经济和集体经济，还包括混合所有制经济中的国有成分和集体成分，这样一算，就不一样了。"

到党的十五大召开时为止，以1978年、1992年和1997年为标志，中国在改革开放中已经有过3次思想解放。

1978年第一次思想解放，冲破了个人崇拜。

1992年第二次思想解放，冲破了计划经济崇拜。

1997年第三次思想解放，冲破了所有制崇拜。

党的十五大召开以后，特别是把私营经济定为我国社会主义市场经济的重要组成部分以后，关于私营经济的争议从此销声匿迹了。

从此，中国私营经济开始了大胆的、有突破性的发展，并迅速成为中国经济的一股重要力量。

呼吁提高私营经济的地位

1997年，党的十五大以后，私营经济的发展速度加快了，一大批有规模、有潜力的非公有制企业开始在各地崛起。

非公有制经济在崛起的同时，那些靠非公有制经济发展起来的企业，也在为国分忧、为民解愁，为国为民发挥了巨大作用。

这个巨大作用首先体现在，非公有制经济在解决就业问题上，他们创造了非常多的就业机会，满足了国企下岗职工及其他失业人员的就业问题。

在非公有制经济较为发达的浙江省，个体私营企业急国家之所急，他们在招聘职工时，优先选用国企下岗职工，1998年已安置国有下岗职工6.17万人，到1999年5月上旬止，单是温州市个体私营企业就已吸收了13万下岗职工。

在浙江宁波奉化城关镇，该镇的4个农贸市场，都可以看到打着"天华"招牌的连锁蔬菜店，在城区的街头巷尾，还有"天华"4家连锁门市部。

这家私营的菜篮子工程服务中心，由于经营品种多、服务好，1998年营业额达到200多万元。

中心的主任原是一家事业单位的办公室副主任，下岗后办起了这家便民服务企业,一开业就吸纳了25位下岗职工,占了职工总数的85%。

在宁波市的再就业工程中,像"天华"这样的个体私营经济,已成为接纳下岗职工的重要渠道。1998年,全市有1.2万人下岗,失业职工加入了这一行列,占全市再就业职工总数的10%以上。

在浙江余姚,每当夜幕降临,余姚城区中心的阳明东路500米长的街上,就灯火辉煌,人头攒动。两旁300余个小百货、服装、玩具摊位一字排开,生意十分红火,这就是余姚市里开设的,由下岗职工"独唱"的夜市一条街。

在这里,只要你有一本下岗证、一张经营者的一寸免冠照,就可以办理登记手续,成为临时的个体户来做生意,并免缴一切办证费用。

有了这个市场,一些下岗人员白天找工作,晚上搞经营,生活费有了来源,人心也就安定了不少。

在宁波的市区和其他县、市,还有不少这样以下岗工人为主角的市场,如宁波城隍庙小商品市场、奉化奉帮服装综合市场等。

这些市场的存在,有力地解决了大量的下岗工人的就业问题。

在河北省武安市,为鼓励各类人群到私营经济体去就业,武安市有关部门还对从事个体私营经济的下岗职工优先办证、优先安排摊位,在半年内免收管理费,后半年减半收费。

同时，武安市还积极鼓励个体私营企业优先聘用下岗职工，凡安置下岗职工占用工总数 70% 以上者，减半收取管理费。仅 1998 年，武安市个体私营经济从业人员已经达 10 万人。

在促进就业的同时，作为市场经济的组成部分，私营经济还为国家税收收入的增加，国民生产总值的增加，以及全国经济的发展，作出了巨大贡献。

截至 1997 年底，全国已有个体工商户 2850 多万户，从业人员 5440 多万人，注册资金 2574 亿元，分别比上年同期增长 5%、8%、9%。

1997 年，全国个体工商户、私营企业共向国家缴纳税金 540 亿元，比上年增长 20%，占全国工商税收收入的 7%。

非公有制经济的巨大作用，使人们再次认识到发展私营经济的重要性。

于是，一股呼吁提高私营经济从业人员政治地位的呼声再次响起。

非公有制经济人员积极入党

1998年，党的十五大以后，非公有制经济的巨大贡献，让人看到非公有制经济是不可缺少的。

于是，关于是否发展非公有制经济的争论消失了。

然而，另外一个问题开始出现了，非公有制从业人员能不能入党？在世纪转换时刻，这个问题成了一个引起重大争议的热门话题。

党的十五大肯定了非公有制经济是社会主义市场经济的重要组成部分，并将其载入宪法，这就为从根本上解决广大私营企业主的政治地位问题提供了一个好的前提。

2000年2月和5月，江泽民先后在广东、江苏、浙江、上海等地考察时，提出了"三个代表"重要思想。此后，按照"三个代表"重要思想的要求，加强党的建设成为了党建工作中的重大课题。

在这种情况下，不少私营企业主既在经济上谋求发展，也在政治上要求参与。为此，很多私营企业主要求加入中国共产党。

同时，有相当一批下海人士原本就是共产党员，现在他们成了非公有制经济的从业人员，究竟应该怎么看待这些人的党员身份也成了一个问题。

一时间，围绕非公有制经济的从业人员能不能入党的问题，出现了赞成与反对两种意见，并且引起了社会各界的广泛关注。

赞同的人说："非公有制经济的从业人员在享有经济平等的同时，也应享有政治平等，否则他们就成了'二等公民'，这与中国经济发展和市场经济发展的内在要求不相符合，也与宪法及有关法律规定相悖。"

还有人说："在入党的资格与条件的问题上，非公有制经济的从业人员应该与其他公民相同。"

在当时，关于非公有制经济的从业人员的讨论很激烈。

2000年7月21日，《中华工商时报》报道了北京市工商联一位负责人在"非公企业党建工作座谈会"上的讲话。

这位负责人说：

>非公企业一些职工，甚至有一些企业的投资者、所有者也迫切要求加入党组织。在非公企业中建立党的基层组织、加强党建工作，已是迫在眉睫。

2000年9月5日，《经济日报》发表了唐仕荣、胡本新、程飞的《促进个私企业健康发展》。文章说：

那些确是守法经营、为社会作出贡献的私营企业老板可以及时吸收入党……要按照"坚持标准、保证质量、改善结构、慎重发展"的工作方针，把个体私营企业党员发展工作列入计划。

2001年7月1日，在庆祝中国共产党成立80周年大会上，江泽民发表了重要讲话。

江泽民指出：

　　根据国际国内形势的变化和党面临的历史任务，我们必须坚持党的工人阶级先锋队的性质，始终保持党的先进性，同时要根据经济发展和社会进步的实际，不断增强党的阶级基础和扩大党的群众基础，不断提高党的社会影响力。

　　……

　　看一个政党是否先进，是不是工人阶级的先锋队，主要应看它的理论和纲领是不是马克思主义的，是不是代表社会发展的正确方向，是不是代表最广大人民的根本利益。

接着，江泽民在讲话中还分析了中国社会阶层的巨大变化。他说：

改革开放以来，我国的社会阶层构成发生了新的变化，出现了民营科技企业的创业人员和技术人员、受聘于外资企业的管理技术人员、个体户、私营企业主、中介组织的从业人员、自由职业人员等社会阶层。而且，许多人在不同所有制、不同行业、不同地域之间流动频繁，人们的职业、身份经常变动。这种变化还会继续下去。在党的路线方针政策指引下，这些新的社会阶层中的广大人员，通过诚实劳动和工作，通过合法经营，为发展社会主义社会的生产力和其他事业作出了贡献。他们与工人、农民、知识分子、干部和解放军指战员团结在一起，他们也是有中国特色社会主义事业的建设者。

江泽民的讲话为非公有制经济的从业人员的入党问题，提供了指导原则，只要是诚实劳动，合法经营就可以入党，这令广大非公有制经济的从业人员非常兴奋。

从此以后，很多非公有制经济的从业人员，都光荣地加入到了中国共产党的行列。

2003年11月，一家报纸刊登文章《私营企业主阶层正步入历史拐点》，公布了中共中央统战部、全国工商联和中国民营经济研究会于2003年联合进行的中国第五次私营企业抽样调查的数据。被调查的企业中，29.9%的私营企业家是中共党员。

在非公有制经济的从业人员积极入党的同时，在非公经济的内部建立党组织也开始开展了起来。

江泽民的"七一"讲话后，全国很多地方都成立了个体、私营经济党总支，隶属于各地工商局党委，并以各工商所辖区为单位建立支部，开展活动。

个体、私营经济党总支的建立，密切了个体私营组织中各类人员与党的关系，为个体、私营经济的发展提供了重要保障。

随着非公有制经济的从业人员加入中国共产党和个体、私营经济党总支的成立，非公经济的政治地位得到了很大的提高。这大大鼓舞了非公有制经济的从业人员的斗志，从而有力地促进了私营经济的稳定与发展。

保护私有财产写进宪法

2002年11月8日至14日,党的第十六次全国代表大会在北京召开。

党的十六大是在党的十五大基础上,进一步肯定了非公经济在发展中国经济方面所起的重要作用,确认了非公企业主作为中国特色社会主义事业建设者的政治地位,进一步放宽了过去对私营经济的限制,澄清了在相关问题上的困惑和疑虑,并且提出了依靠法律保护私人财产这一重大而又迫切的课题。

党的十六大报告指出:

> 要形成与社会主义初级阶段基本经济制度相适应的思想观念和创业机制,营造鼓励人们干事业、支持人们干成事业的社会氛围,放手让一切劳动、知识、技术、管理和资本的活力竞相迸发,让一切创造社会财富的源泉充分涌流,以造福人民。
>
> 在社会变革中出现的民营科技企业的创业人员和技术人员、受聘于外资企业的管理技术人员、个体户、私营企业主、中介组织的从业人员、自由职业人员等社会阶层,都是中国特

色社会主义事业的建设者……

对他们的合法权益都要保护，对他们中的优秀分子都要表彰。

同时，党的十六大报告还明确提出了"完善保护私人财产的法律制度"。

国家工商总局个体私营经济监管司处长兰士勇高兴地说："如果说党的'十五大'确立了私营企业主的经济地位，那么，江泽民同志的'七一'讲话和党的'十六大'，则正式赋予这个阶层以平等的政治地位。"

2003年12月12日，中国共产党中央委员会向全国人民代表大会常务委员会提议修改宪法。

在这些修改建议中，最受瞩目的是"公民的合法的私有财产不受侵犯"。

其实，早在1998年，就在全国工商联向全国政协提交提案的同时，第一次当选为全国人大代表的深圳私营企业主郑卓辉，就以个人名义向全国人大议案组递交了要求立法保护私有财产的议案。

郑卓辉在议案中提到：

由于对私有财产权缺乏必要的法律保护，私营企业主往往心里没底。一部分人发展到一定程度以后，不思进取，沉湎于高消费，甚至挥霍。也有一部分人把资本转移到国外，致使生产要素流失。这样于国于民都不利。因此建议尽快制定法律，确定私有财产不可侵犯。

该议案得到了49名全国人大代表的附议。这是全国人大代表中第一份有关私产入宪的个人议案。

郑卓辉的观点代表了当时很多私营企业主的心声，很多私营企业主纷纷表示支持郑卓辉的议案。

与此同时，理论界也开始积极支持把保护私有财产写进宪法。

中国人民大学法学院资深教授许崇德说："这是肯定改革的成果，是经济发展到一定阶段必然的产物。私有财产权纳入宪法，对将来私有财产立法会起到积极作用。"

在这些背景下，2004年3月14日，第十届全国人民代表大会第二次会议通过了宪法修正案，并于当日公布施行。

修正案把宪法第十三条原文：

国家保护公民的合法的收入、储蓄、房屋和其他合法财产的所有权。国家依照法律规定保护公民的私有财产的继承权。

修改为：

公民的合法的私有财产不受侵犯。国家依照法律规定保护公民的私有财产权和继承权。国家为了公共利益的需要，可以依照法律规定对公民的私有财产实行征收或者征用并给予补偿。

宪法修正案通过之后，很多私营企业主都非常高兴。新希望集团董事长刘永好坐在自己的车里，在手机中高兴地对记者说："我是带着笑容离开北京的，因为保护私产终于写进了宪法。"

保护私有财产被写进宪法，使私营企业主的种种担忧都消除了，同时，它也宣告了中国的私营经济进入了一个全新的发展阶段。

在此后的岁月里，私营经济作为中国社会主义市场经济中的一员，在神州大地上不断创造出一个又一个经济奇迹！

二、个体经济

- 贵州省工商业联合会会长程天赋说:"凡属国家法律法规、国务院及财政部、国家计委和省人民政府明文规定之外,面向企业的行政事业性收费项目,应当一律取消。"

- 收入微薄的妻子对张化勇说:"老张,你得赶紧找工作啊,要不然暑假开了学,大小子的学费可怎么办啊!"

- 义乌县委书记谢高华果断地提出"四个允许":"允许农民经商、允许从事长途贩运、允许开放城乡市场和允许多渠道竞争。"

中央允许个体经济发展

1980年,改革的春风唤醒了沉寂多年的个体经济,中国大地上的个体经济开始复苏了。

1980年9月,中共中央召开各省、市、区党委第一书记座谈会,形成《关于进一步加强和完善农业生产责任制的几个问题》的会议纪要。

文件指出:

> 要充分发挥各类手工业者、小商小贩和各行各业能手的专长,组织他们参加社队企业和各种集体副业生产;少数要求个体经营的,经过有关部门批准,与生产队签订合同,持证外出劳动和经营。

在这些背景下,从那时起,我国的个体经济如雨后春笋般发展了起来,并在极短的时间内迅速成长。

一时间,在大小城镇的街道巷子里,很快就出现了修车的、修鞋的、补锅的、裱画的、做衣服的、开小饭馆的……

个体经济的发展迅速显示出了它的优势,它一方面发展了经济,增加了国家税收,使很多人致了富;另一方面它还增加了就业，方便了百姓的生活。

因此，个体经济一出现，就得到了全国广大人民的热烈拥护。

1981年10月17日，《中共中央、国务院关于广开门路，搞活经济，解决城镇就业问题的若干决定》发布。

这个"决定"，从发展生产力的基点出发，在经济体制方面着力清理"左"倾错误遗毒，为个体经济大力正名。

"决定"明确指出：

在所有制方面，限制集体，打击、取缔个体，城镇企业急于向单一的全民所有制过渡，既阻碍了经济建设的发展，又堵塞了劳动就业的多种渠道。三中全会以来，这种状况有了初步改善，但还远远不够，必须加快前进的步伐。

……

今后在调整产业结构的同时，必须着重开辟在集体经济和个体经济中的就业渠道。

在此后的数年中，中国对个体经济采用的是"引导、鼓励、促进、扶持"八字方针。

在这个方针的指导下，中国个体经济如雨后春笋，开始蓬勃发展起来。

1997年9月，党的十五大报告明确提出：

非公有制经济是我国社会主义市场经济的重要组成部分。

1999年3月通过的《中华人民共和国宪法修正案》,再一次肯定了个体经济是社会主义市场经济的重要组成部分。

"宪法修正案"提出的"个体经济是社会主义市场经济重要组成部分",给个体经济的发展铺平了道路,此后,个体经济开始快速发展起来。

各地不断完善私营经济政策

1997年下半年，全国各地在党的十五大的推动下，积极采取各项措施，完善私营经济政策，为私营经济的发展创造了良好环境。

在西部的贵州，当时，乱收费问题仍使部分个体、私营企业不堪重负，难以为继。主要表现在以下几个方面：费种和收费部门多；费额高，企业负担重。群众反映："头税轻，二费重，三摊四派无底洞。"

收费重及伴随而来的"三乱"成为影响企业效益，阻碍非公有制经济发展的突出问题。

对此，贵州省委、省政府在促进个体、私营经济发展过程中，把清费治乱作为一项重要工作来抓。

为此，贵州省委、省政府明确表示，进一步清费治乱，切实规范和减轻经营者的负担，是优化非公有制经济发展环境的当务之急。

贵州省政协副主席、省工商业联合会会长程天赋说："为了进一步加大清费治乱工作的力度，必须认真贯彻中央《关于治理向企业乱收费、乱罚款和各种摊派等问题的决定》，凡属国家法律法规、国务院及财政部、国家计委和省人民政府明文规定之外，面向企业的行政事业性收费项目，应当一律取消。"

程天赋还表示说："要切实把收费纳入公开、公正和规范的轨道，严格实行'收支两条线'管理，确保所有的行政性收费和罚没收入按规定及时、足额缴入国库或财政预算外资金专户，任何单位和个人不得截留或挪用。"

在贵州省委、省政府的推动下，贵阳、遵义等地开展了多种形式的整治乱收费行动，加强执法队伍建设，特别是市场管理、公安交警、运输管理、城管、卫生、技术监督、文化稽查等队伍建设，进一步增强其严格执法、职业道德和服务群众的意识，做到依法行政、依法治费、依法收费。

经过整治，贵州各地个体经济发展的环境发生了重大变化，贵州的个体经济发展的面貌发生了翻天覆地的变化。

在陕西省，陕西有关部门在大力发展公有制经济的同时，也在积极采取措施，加快发展个体私营企业，使非公有制经济的发展成为新的经济增长点。

长期以来，陕西省非公有制经济发展慢、规模小、水平低，非公有制经济成为了多种所有制经济共同发展中的一条"短腿"。

为改变这一状况，陕西省委、省政府发出《大力发展非公有制经济的决定》，并提出非公有制经济发展实行"大中小并举，总量扩张与质量提高并举"的方针。

为此，陕西省工商行政管理局在放开个体私营经济从业人员范围、放开生产经营方式、放开投入机制的同时，将企业登记审批制变为注册制，并改变工作作风，实行"一厅式"注册，"一条龙"服务。

同时，陕西的公安、银行、劳动、人事、财政、物价、土地等有关部门也出台了配套政策，支持私营经济发展。

陕西各地市通过多种形式，大张旗鼓地表彰个体经济发展典型，增强了广大群众对发展个体经济的信心。

半年时间，陕西全省个体工商户已发展到68万户，私营企业逾3万户。其中，新发展个体户和私营企业数，分别比上年同期增长19%和55.6%，新增从业人员同比增长21.3%和58.4%。

随着个体私营经济的快速发展，其经营领域不断拓宽，出现了集团化发展趋势，为社会发展的贡献愈来愈大。

在党的十五大以后，湖北省浠水县也开始采取措施发展私营经济。

为此，该县全面清理涉及对个体工商户收取的各种不合理收费，以保护和促进其健康发展。

几个月之内，全县就清理了1245个经常性的行政事业性收费和税收项目、收费标准等，规范了138个收费项目，取消了7个部门的17项收费。

为彻底根治费大于税、强征滥收等积病，浠水县还推行了一家审批、一家收费的收费审批制度。

1998年初，浠水县委、县政府与全县各个行政执法部门约法三章，对涉及个体私营企业的各类税费征收依据、征收范围、征收标准、处罚措施等进行全面审核，在此期间，停止一切收费，否则收一罚十。

很快，浠水县"糊涂费"的清理审核已经完毕，根据清理结果，浠水县又建立了个体、私营业者缴费"明白卡"，规定了统一的收费项目和收费标准。

清理了收费项目，有了缴费"明白卡"，浠水县的个体经济得到迅速发展。

在辽宁省沈阳市沈河区，"治乱减负"，为个体、私营业者真心实意营造宽松环境。

针对一些部门向个体私营经济乱收费、乱罚款，增加不合理负担问题，沈河区委、区政府公开提出"创建全市最低非税赋区"的主张。其目的就是除了国家税收以外的所有收费都要降到全市的最低点。

为此，沈河区专门从财政中拿出130万元，解决一些行政执法部门的经费不足问题，堵住了他们乱收费、乱罚款的"创收"借口。

同时，对全区行政执法主体单位进行了全面清理，经过严格审核，对具备行政执法主体资格的单位，以公告的形式向社会公布。

通过沈河区委、区政府的努力，沈河区的个体和私营经济得到了很快的发展。

1998年，沈河全区非公有制经济完成增加值14.8亿元，比上年增长17%，占全区国内生产总值的60%；上缴库税1.67亿元，占全区税收的79.3%；安置下岗人员3.5万人次。

四川省委、省政府制定了大力发展个体私营经济的14条措施。四川的个体私营经济得到了很快的发展。

与此同时，全国各地都在积极采取各种措施，取消不合理乱收费，减少行政审批环节，为个体经济的发展创造宽松的环境。

大批个体户走上富裕路

1997年以后,在中央和各地政策的鼓励下,个体经济发展迅速。其中,北京城郊个体经济的发展就是一个例子。

1998年,刘金枝开始从事个体养殖。首先她结合农业结构调整,内查外调了解市场信息,认为养奶牛前景广阔,便忍痛卖掉了和丈夫苦心经营多年的服装加工厂。

建养殖小区首先遇到的难题就是资金不足,于是,刘金枝就向亲朋借,向银行贷,倾其积蓄筹资60多万元,建起了占地50亩、存栏50头的奶牛养殖小区。

改行搞养殖奶牛也不是一件容易的事,更何况是个"门外妇女"。横下一条心,刘金枝向书本要知识,跟实践要经验,向市场要效益,40多岁的她经过半年的"摸爬滚打"终于掌握了奶牛饲养技术。

接下来,作为个体户,刘金枝又开始为鲜奶销售犯愁。

为此,经多方奔走,在区、镇有关部门的大力支持下,刘金枝牵头多家奶牛养殖户,成立了马卷奶牛合作社,与北京三元食品有限公司订立了鲜奶收购合同。

但问题并没有彻底解决,由于缺乏科学管理及先进的制冷设备,鲜奶被拒收的事时有发生。

看到雪白的鲜奶硬给倒掉，刘金枝痛下决心，从职工培训、提高素质入手，请专家、聘教授，刻苦学习现代化养殖管理技术。

同时，刘金枝还投资 40 万元，安装封闭式管理挤奶机、自动制冷罐等先进设备。

功夫不负有心人，刘金枝家的鲜奶质检终于达标了，每天她家的奶不断地运往三元公司，在后来的多次质检中，在 50 多家鲜奶行业中，刘金枝家的鲜奶质量在评定中总是名列前茅，并得到三元公司的一致好评。

经滚动发展，刘金枝的养殖小区规模不断扩大，发展到奶牛 240 头，年产鲜奶 1700 余吨，并走向产业化规模经营的路子。

门头沟的一个村民张化勇，原是北京某国有企业的职工。

1998 年，因单位效益不好，每月只有 500 多元的收入。张化勇感觉自己一个 40 多岁的汉子，每月拿这一点钱，怎么养家糊口，同时，在亲戚朋友面前谈起收入，张化勇都感觉到丢人。

于是，张化勇把工作辞了。

最初，张化勇本以为自己一个 40 多岁的汉子，找个工作还不是轻而易举吗。

然而，现实比张化勇想象的要残酷。他一找工作才知道，40 多岁其实已经不再受欢迎了，很多单位都喜欢要 20 多岁的年轻人，一看张化勇 40 多了，都不愿意要。

一晃，3个多月过去了，张化勇还是没有找到工作。

此时，本来就没有多富裕的张化勇家，顿时感觉经济紧张起来。

"老张，你得赶紧找工作啊，要不然暑假开了学，大小子的学费可怎么办啊！"收入微薄的妻子对张化勇说。

听到妻子的话，张化勇更加着急了。

一天，张化勇正在路上走，一个坐小轿车的人喊道："张化勇！张化勇！"

张化勇一愣，我没有开得起车的熟人啊，停下来一看，原来是一个老同学。

这个老同学告诉张化勇，他这几年做服装生意赚了一些钱。

听到老同学的话，张化勇一直在想，工作找不到，做生意倒是一个不错的选择，赚多赚少都是自己的，还不用瞅老板脸色。

晚上回到家，张化勇就和家里人商议，在取得一致意见后，张化勇就开始为做生意准备了。

首先，张化勇通过各种关系向亲朋好友借来了3万元钱。即使是在当时，3万元钱要在北京做生意也是很困难的。

张化勇咬牙说，本钱小，也要干。

于是，张化勇先在前门大街附近的一条小街道上，租了一间只有几平方米的小房子，而且通过和房东软磨硬泡才做到前3个月房租月付，这就给张化勇剩下了一定的资金。

卖什么呢？张化勇就想自己第一次做生意，什么都不了解，只有服装可能还能对付一下。

但当时，在北京大街上，服装店到处都是，自己啥都不懂，连货源都不知道从哪里进，更别说款式、颜色这些东西了。如果贸然去做，必然要吃亏。

于是，张化勇就放下架子，经常和那些小商贩聊天，向他们取经。

经过几天的闲聊，张化勇发现有几个卖特色服装的小贩生意不错，而且利润很高。

于是，张化勇就决定开个民族特色服装店。

小店开业了，经过短暂的摸索后，张化勇懂得了很多经商之道。

前门大街，每天有很多来自全国各地和世界各地的旅客，他们看到张化勇店里的服装非常有特色，便纷纷进去观看。

在张化勇的细心服务下，很多人拿出了钱包，纷纷购买张化勇的商品。

就这样，张化勇店里的生意好起来了。当年，张化勇就盈利 10 多万元。

接下来，张化勇的生意越做越大。

2000 年，张化勇在前门大街，承包下了一个 800 多平方米的小商场。

2001 年，张化勇又在海淀区的一个商业街，租了一个1000多平方米的地方，专门卖特色服装。

生意做大了，张化勇的生活也发生了巨大的变化。2000年夏天，张化勇在海淀区远大路买下了一个三居室，全家人都搬了进去。

2002年，张化勇又买了一辆汽车，既拉货，又可以载人，很是方便。

看到几年个体户生涯给自己生活带来的变化，张化勇说："要知道如此，我早就应该出来做生意，如果那样，我现在该是一个亿万富翁了！"

像张化勇这样，通过个体经营走上富裕道路的，在全国各地，可以说到处都有。

这些个体户在自己走上富裕之路的同时，他们的示范效应也开始显现出来。很快在社会上，又有一大批人，包括大学生、大学教授等，投入到个体经营中，他们的加入使个体经济更加壮大了！

义乌小商品市场创辉煌

2005年8月,联合国与世界银行、摩根斯坦利等世界权威机构,联合向全世界公布了一份中国发展的报告。报告中提到了"全球最大的小商品批发市场",这个市场,就是浙江义乌的小商品批发市场。

最早的小商品市场是什么样子,已根本无从考证。有研究认为,尽管没有任何可靠的历史资料描述当时的市场情况,但是,义乌小商品市场实际上在1974年已成雏形。

早在20世纪70年代中期,义乌已存在一个混迹于定期集贸市场的地下小百货批发市场。

在当时,专门从事小百货交易还是十分危险的,因此,商贩们必须保持高度警惕性,还要装备简单,便于"逃跑"。

1978年冬天,随着中国社会大环境的变化,义乌非正式小商品市场开始与定期的集贸市场分家。

义乌县政府所在地的稠城镇,由于其特殊的地理位置和县域政治经济中心的地位,是小商品市场较为理想的地方。

最初,在县城沿街叫卖的只是少数几个老汉,随后吸引了一大批人加入,仅半年的时间,稠城镇县前街的摊贩增加到了100多人。

1981年，随着政府对个体经济的逐渐开放，义乌的小商品市场已由地下转入半公开状态，有了固定的地点，聚集在县前街、北门街。

同时，义乌小商品市场上商品品种不断增加，有塑料玩具、塑料用品、装饰品、打火机、各种帽子、手提袋，以及开始经销不准经销的服装、针织品等。

货源主要来自三个方面：从本地或外地百货公司批发；从外地厂家直接进货，进货点从省内到省外，门路越来越多；有的个体户还自己加工生产产品。

随着小商品市场的繁荣，市场的摊位数也开始直线上升，并一发而不可收拾，以至于严重影响了市容。

因此，当地工商管理部门多次奉命驱赶，但未能奏效。这些个体户的装备简单，还有一部分是提篮小卖，灵活机动，万一被"抓获"、没收，损失也不太大，所以工商部门的行动根本无法打掉摊主的积极性。

当时，主管部门既无法驱赶摊主，也无法进行有效的管理，无法按照正常的市场管理办法管理，更无法收取市管费和税收。就这样，工商部门和个体户双方玩起了"猫捉老鼠"的游戏。这使工商管理部门左右为难。

自发市场与工商管理部门表面上有很大的冲突，但是内部的交易，却是依然井井有条。

1982年9月5日，稠城镇湖清门第一个小百货市场开放了。自此，工商部门与个体户的冲突才算结束。

1982年开放的湖清门市场严格地说只是小商品市场的雏形，市场摊位十分简陋。

当时这里开放小商品市场的理由并不是因为市场的规模和社会影响力，而是因为部分农民"弃农经商"在义乌已经是一个既成事实，大量农村富余劳动力要转移也是一个客观事实。

其实，地方政府并不十分在意小商品市场会对农业生产带来什么负面影响，而是由于自发形成的市场影响了交通和市容，还造成了执法管理部门与众多摊主之间的冲突。

"猫捉老鼠"的游戏长期玩下去，总不是解决的办法。于是，有关部门就逼迫市场主管部门，必须迅速拿出有效的解决措施。

既然禁止的做法不能奏效，小商品市场本身也不会对社会造成危害，与其关闭，还不如顺其自然。就这样，稠城镇湖清门第一个小百货市场开放了。

当时的湖清门市场非常简易，在一条用于排水、排污的内城河沟上架起了水泥板，在水泥板上方用木板搭成摊位，在长条木板上方用塑料薄膜搭起了雨棚。就这样，一个个个体户的简易摊位就形成了。

摊主经工商所登记，领取摊位证，摊位固定，每一摊位占用的木板长度相等。

1982年11月25日，义乌县委、县政府召开了农村专业户、重点户代表会议，时任县委书记的谢高华在讲话中果断地提出"四个允许"：

　　允许农民经商、允许从事长途贩运、允许开放城乡市场和允许多渠道竞争。

"四个允许"政策是在小百货市场开放之初，县领导审时度势作出的决策。但是，"四个允许"的提出，其意义是非常大的，它打消了许多尚在等待观望的个体户的疑虑。

从此，义乌小商品市场开始走上了快速发展的道路。与此同时，小商品市场的发展，也带动了社队企业，特别是家庭工业的发展。

1984年10月，义乌县委、县政府抓住这一可喜的势头，提出了"兴商建县"的发展战略。

第二年5月，义乌撤县建市后，"兴商建县"的口号又改为"兴商建市"。

1984年12月，以第二代小商品市场建成为标志，义乌市场发展进入了一个新阶段。

第二代市场占地1.3万平方米，全部水泥地面，水泥板固定摊位，钢架玻璃瓦，排列有序，市场中心建成四层服务大楼，并配有工商所、税收稽征组、银行分理处、个体劳协、寄存和饮食服务、招待所、广播室、民警值勤室、治安委员会等服务设施和机构。

自此，义乌小商品市场实现了由"马路市场"、"草帽市场"向"以场为市"的转变，商品种类达 2740 余种，流通范围逐渐跨出本县和周边市、县，并向外省、市辐射。

第二代小商品市场以其品种多、价格低、服务好、安全有保障等优势很快提高了市场知名度，开始吸引全省乃至全国各地更多的客商。

到 1985 年，小商品市场的摊位增至 2874 个，成交额 5000 万元。

1986 年，第三代小商品市场建成。第三代市场占地 4.4 万多平方米，设固定摊位 4096 个，临时摊位 1387 个。

场内有设备较齐全的商业服务大楼，另外还配有工商、税务、金融等管理服务用房，立体型管理服务体系初步形成。

来自温州、台州、绍兴等省内其他市（地）和福建、江苏等外省的客商进场设摊。

1987 年，义乌小商品市场成交额达两亿元。

1988 年至 1991 年，义乌小商品市场经过民间与政府的合力孕育，逐步形成了一定规模，开始进入稳步发展阶段。

在这一阶段，场地规模、摊位总数、商品种类、年交易额等继续稳步增加。

到 1991 年，小商品市场的年交易额已增至 10 亿多元，跃居全国同类市场榜首，并成为全国第一大小商品市场。

从此，义乌小商品市场声名鹊起，不但周边县、市、区的相关产业日益围绕义乌小商品市场发展，来自浙江其他地区和沿海省份的商品也陆续入驻，而且以此为依托培育了一批颇具特色的产业群，间接地推动了周边地区市场和产业的发展。

就这样，在全省，乃至全国，一个与义乌小商品市场或企业有着紧密经济联系，并以义乌小商品市场为核心的跨区域分工协作网络，即"义乌商圈"，已经基本形成。

"义乌商圈"的辐射范围不仅包括附近省份，而且在东北、西北、华北等地也产生了巨大影响。

不久，义乌小商品城在新疆、北京、内蒙古、福建、甘肃、四川等省市办起了分市场或小商品配送中心，输出商品、资本、人才和管理，使义乌市场在国内的辐射能力大大增强。

在此后的几年里，"义乌商圈"的辐射能力还延伸到海外，先后兴办了乌拉圭分公司和南非分市场。

1992年2月，第四代小商品市场第一期工程建成，该工程占地6万平方米，场内新设摊位7100多个。

从此，小商品市场实现了"以场为市"向"室内市场"的转变。

1994年7月，第四代二期工程建成，占地6.8万平方米，新设的7000个摊位投入运行。

1995年，宾工市场建成，该市场占地28万平方米，共设600间门店和8900个摊位。

截至1995年底，义乌小商品市场的营业面积增加到46万多平方米，市场成交额达到152亿多元。

从1995年起，义乌市政府与当时的国内贸易部、香港贸发局等合作，每年一度举办"中国义乌小商品博览会"，受到国内外经贸界的关注。

2002年以后，义乌开始建设具有标志性意义的国际商贸城市场，进一步提升了市场的软硬环境，使义乌小商品市场步入了接轨国际的新阶段。

在这一时期，义乌小商品市场的外向度已达到60%以上，初步形成了"买全球货、卖全球货"的国际化商贸新格局。

此时，虽然周边同类市场也获得快速发展，如2004年台州路桥中国日用品商城成交额191.9亿元，但它们与义乌小商品市场之间的差距进一步拉大，义乌小商品市场在全国小商品生产、流通中的核心地位已经牢固确立。

国际商贸城作为义乌小商品市场的第五代市场，极大地改善了市场经营环境，为义乌小商品市场的进一步发展开辟了十分广阔的空间。

来自全国各地、以高中档为主的小商品，通过义乌小商品市场这一窗口，源源不断输往全国乃至世界各地，并且已有约占总成交额5%的国外商品进入这里。

当前，义乌小商品市场的发展已经相当成熟，正在逐步向商品市场与信息市场并重的新阶段过渡。

尤其是国际商贸城已不再以现货交易为唯一或主要的功能，其产品展示、信息交流等功能成为市场持续繁荣发展的根本原因。

从1998年至2002年的5年间，尽管义乌"中国小商品城"的经营场地规模没有显著增加，但市场的整体素质有了明显提高。

义乌小商品市场自1982年创办以来，已建成"中国小商品城"篁园市场、"中国小商品城"宾王市场、"中国小商品城"国际商贸城三大主要市场群，拥有营业面积76万多平方米，2000余间门店。

市场内设立16个交易区，经营28大类10万余种商品，经营者10万多人，日均货物吞吐量近1万吨，日均现金流量1亿多元，商品辐射全国各地及周边140多个国家和地区。

小商品市场成交额已连续多年位居全国同类市场之首，被誉为"华夏第一市"。

与浙江的义乌一样，在山东、广州等地各类商品市场还有很多，这些大大小小的商品市场为中国个体经济的发展提供了很好的平台。

三、 私营经济

- 吴海军等人说得最多的有两句话，一句是："趁着还有时间，赶快去吃一点饭"，另外一句是"趁着还有点时间，赶快去打个盹"。

- 李鹏亲切地对尹明善说："尹明善，过来，过来，我俩单独照个相，表示我对民营企业家的支持。"

党中央认同私营经济发展

1979年初,党的十一届三中全会后的中国,迎来了发展的春天。

此时,各行各业都面临着很多问题,改革已势在必行,其中尤以私营经济领域最为严重。

1979年9月29日,在庆祝中华人民共和国成立30周年的招待会上,叶剑英明确说:

> 目前在有限范围内继续存在的城乡劳动者的个体经济,是社会主义公有制经济的附属和补充。

终于,中国把私营经济紧关的大门敞开了一条缝,于是,沉寂了20多年的私营经济开始复苏了。

然而,此时的私营经济发展限制重重,中央对雇佣人数的限制,更是使私营经济举步维艰。

1983年初,在邓小平提出"等一等、看一看"的大背景下,中共中央在《当前农村经济政策的若干问题》的文件中指出:

> 农村个体工商户和种养业的能手,请帮手、

带学徒，可参照国务院《关于城镇非农业个体经济的若干政策规定》执行。对于超过上述规定雇请较多帮工的，不宜提倡，不要公开宣传，也不要急于取缔，而应因势利导，使之向不同形式的合作经济方向发展。

1984年1月1日，中共中央在《关于1984年农村工作的通知》中指出：

> 对当前雇请工人超过规定人数的企业，可以不按照资本主义的雇工经营看待。

邓小平的讲话和以上文件精神，实际上对私营企业的存在与发展起了保护作用，从而为私营企业扩大规模创造了政策环境。

1987年10月25日，党的十三大提出了社会主义初级阶段理论和党的基本路线，并制定了鼓励发展个体、私营经济的方针。

党的十三大报告指出：

> 目前全民所有制以外的其他经济成分，不是发展得太多了，而是还很不够。对于城乡合作经济、个体经济和私营经济，都要继续鼓励他们发展。在不同的领域，不同的地区，各种

所有制经济所占的比重应当允许有所不同。

同时，报告还指出：

私营经济一定程度的发展，有利于促进生产，活跃市场，扩大就业，更好地满足人民多方面的生活需求，是公有制经济必要的和有益的补充。必须尽快制定有关私营经济的政策和法律，保护他们的合法权益，加强对他们的引导、监督和管理。

自此，私营经济才真正获得了认同，自此以后，私营经济发展的步伐明显加快。

1987年，国家工商行政管理局摸底调查，当时城乡实际存在的私营企业雇工人数达360.7万人。每户私营企业平均雇工16人，雇工30人以下的占70%至80%，雇工100人的接近总数的1%，部分私营企业雇工几百人，有的甚至雇工上千人。

对雇工人数限制的放开，进一步促进了私营经济的快速发展壮大。

1992年，邓小平在夫人、女儿和杨尚昆的陪同下，开始他的武昌、深圳、珠海、上海之行。

针对当时社会上姓"社"姓"资"的争论造成改革开放难以开拓新局面的现状，邓小平说："改革开放迈不开步子，不敢闯，说来说去就是怕资本主义的东西多了，走了资本主义道路。要害是姓'资'还是姓'社'的问题。判断的标准，应该主要看是否有利于发展社会主义社会的生产力，是否有利于增强社会主义国家的综合国力，是否有利于提高人民的生活水平。"

邓小平提出的"三个有利于"标准，一下子驱散了姓"社"姓"资"的争论造成的阴霾，给了人们一个辨别是非的锐利武器。毫无疑问，发展私营经济是符合"三个有利于"标准的。

同时，邓小平还果断地提出：

> 计划多一点还是市场多一点，不是社会主义与资本主义的本质区别。计划经济不等于社会主义，资本主义也有计划；市场经济不等于资本主义，社会主义也有市场。计划和市场都是经济手段。

邓小平的这番话给全国个体、私营经济的创业者和从业者吃了一颗定心丸。

邓小平在南方谈话中对一系列重大问题的回答，是改革开放和现代化建设实践在理论上的重大突破。

邓小平南方谈话的要点，在1992年春节传出之后，犹如"邓旋风"从南方刮起，迅即传遍全国。

1993年，私营企业迅速走出低谷，超过1988年的水平，达 23.7 万家。

邓小平南方谈话为党的十四大的召开，准备了条件，8 个月后，备受瞩目的党的十四大召开了。

1992 年 10 月，在党的十四大上，江泽民在报告中提出：

> 在所有制结构上，以公有制包括全民所有制和集体所有制经济为主体，个体经济、私营经济、外资经济为补充，多种经济成分长期共同发展，不同经济成分还可以自愿实行多种形式的联合经营。

党的十四大报告给私营经济姓"社"姓"资"的争论，画上了句号。

1997 年 9 月，党的十五大明确提出，非公有制经济是我国社会主义市场经济的重要组成部分。

党的十五大以后，私营经济的发展速度加快了，一大批有规模、有潜力的私营企业开始在各行各业迅速崛起。

私营经济叱咤科技领域

1995年初,深圳市新天下集团成立了。像联想集团一样,这又是一家经营电脑的公司,也是一家私营企业。它的创建人是吴海军。

吴海军于1967年出生在江苏南通一个小山村里。1982年,他考上了如皋师范专科学校,17岁那年,吴海军成为一个偏僻山村小学的教师。

"孤灯吊影寻常梦,残雨霜风打窗吟。"这是吴海军在自己当乡村教师的日子里写下的诗句,那时的吴海军,还不到20岁。

从字里行间里,我们依稀可以看到他当时的孤独和伤感。

如果说1981年,14岁的吴海军以全市第一的成绩考取师范学校,跳出农门,并当上一名乡村教师是第一次生命跃迁的话,那么,吴海军生命中的第二次跃迁则是在1988年,吴海军自学完大专课程并报考大专起点本科段成人高考,并以全省第一名的成绩考取。这一次,吴海军又成功了。

中专学历却被县教育局破格举荐,参加省教育学院越级学习专升本考试,以全省第一名的成绩顺利进入教育学院就读,这一切都让吴海军觉得很有成就感。

但此时，吴海军又认为自己应该有更多的学习机会，在更广博的天空里有所作为。

1989年，吴海军再次对命运发出挑战：跨专业考计算机专业研究生。

结果，考试总成绩进入前10名，他被东南大学研究生院动力工程系录取。

1992年10月，吴海军开始了硕士论文创作，他被分派到与东南大学有合作关系的深圳亿立达公司工作。吴海军去深圳亿立达公司还有一个小插曲。

当时深圳亿立达向学校要人的时候，本来要的是计算机系的硕士生，但那时，计算机行业正开始热起来，计算机专业的硕士分配去向很好，大部分人都不愿意到当时开发程度并不很高的深圳去实习。

就这样，到最后学校只有两位女同学愿意去深圳亿立达实习。

校方为保险起见，决定增派人手，但考虑到当时计算机系再也派不出人选，昔日那位本该录取到计算机系的吴海军进入了校方的视野，而这时的吴海军也想出去闯一闯，就这样，吴海军去了深圳。

而吴海军实习的这家公司，就在深圳有名的华强北商业区。

在亿立达，吴海军每个月仅拿200元的工资，住在一个小渔村里，吃饭都成问题。但他每天仍然坚持写着海量的程序语句，做项目开发工作。

那时候Windows3.1的Beta版才刚出来,国内很少有人能够在Windows下做开发,而吴海军当时做的就是WindowsSDK等一些系统下的程序设计。

仅1993年,吴海军就写了上万行的程序行。他做什么事情都快人一步,到当年暑假,本应该到年底才完成的课题就提前完成了。

写完论文后,吴海军到赛格电脑广场买了5台组装电脑,回到家乡开了电脑培训班和一家电脑公司。

在这个时期,吴海军的商业才能,就已经崭露头角。

当时吴海军写了很多软件,有些甚至在全省推广使用。他的培训班越来越看好,培训班的学员经常是捏着报名费排队报名,他的一个月收益有近万元。

精明的吴海军在当地的电脑市场,看到电脑配件价格非常昂贵,利润很高,很有想法。

正值此时,学校来通知说深圳亿立达公司叫他回去工作,虽然当时论文已经完成,但吴海军还是得回到深圳。

就这样,吴海军把培训班和电脑公司交给弟弟打理,自己又到了深圳。

到深圳后,吴海军在赛格电子配套市场租了一个柜台,利用在深圳的便利给家乡的电脑公司组织配件销售。

就这样,两地电脑配件的差价,让吴海军惊叹其中巨大的商机。

在赛格电子配套市场那样一个熙熙攘攘的环境中,

吴海军心中的目标却越来越清晰：

　　将来一定要在这个行业里找到自己的位置，一个别人无法忽视的位置。

　　要做大事必须与有实力的公司合作。
　　于是，打定主意后，吴海军就找到了南京中银公司，为其在深圳做采购发货。
　　这一段工作经历，给了吴海军一次宝贵的积累经验和建立业务关系的机会。
　　由于深圳独特的发展模式，当时，春节一直是电脑销售的淡季。
　　1995年，吴海军却认为，随着居民购买力的增强和电脑价格的平民化趋势，必然会带来巨大的家用电脑需求。吴海军还敏锐地觉察到，普通商家在春节期间一般都不敢备货，以防止库存积压。
　　当时的电脑配件一般都从香港进口，而香港也过春节，其发货期一般为春节后的10天，到货又需要10天，于是就有20天的市场断档期。
　　仔细衡量后，吴海军下定决心，从电脑的核心部件硬盘下手。
　　1995年1月，吴海军开始有计划地大量囤积货源，他不仅买断了来自香港市场的所有硬盘货源，而且还将大陆的硬盘囤积在各地的仓库里。

由于吴海军收购的时间，正是一般商家清空库存的时候，因此收购进行得很顺利，而且价格极低。

与此同时，吴海军又在各地制造国外工厂因故缺货的"烟幕"，稳定市场。

囤货对于"上个厕所回来价格就变"的电脑配件市场是个极为冒险的行为，一旦有实力的对手进行反击，很可能就是灭顶之灾。

此时的计算机配件市场，国外大公司尚未进入，联想等企业的主要力量都集中在整机上。于是，一切都按吴海军计划预想的那样顺利进行。

1995年春节来临，电脑销售异常火爆，电脑配件市场上，一块原本1000多元的硬盘，迅速猛涨到1300元。

这一下，吴海军大获全胜，仅此一役，吴海军就为南京中银带来了近千万元的收益。

不过，就在吴海军准备在福建中银大展拳脚的时候，他与福建中银的合作却产生了裂痕。

在当时，吴海军来中银，很大原因是遇到了福建中银的总裁夏乐冰，而夏乐冰与吴海军的相识也充满了戏剧性。

一次，夏乐冰在南京开拓市场时，遇上了南京中银的人，南京中银提及自己在深圳办事处有人，而且是夏乐冰在东南大学的校友。

当时夏乐冰就乐了，立即决定与吴海军合作。

当时福建中银经营的是硬盘等一些硬件设备，夏乐冰就让吴海军在深圳给其组织货源，处理一些生意上的事情。

就这样，福建中银巨大的资金力量给了吴海军施展商业才能的宽阔天地。

1994年7月26日，夏乐冰又亲自到深圳和吴海军面谈，成立深圳公司，给吴海军30%的干股，请其为中银建立全国各地的经营网点。

就这样，吴海军开始正式出任福建中银的销售总监，开始全国性业务的拓展，建立全国性的销售体系。

吴海军与福建中银合作的第一件事就是到上海开拓市场。当时国内还没有人销售昆腾硬盘，吴海军到上海去了一个月，一个月之内，昆腾硬盘的市场就被全面打开了。

1994年下半年，福建中银市场的全面推动都是由吴海军来操作。

夏乐冰有钱，吴海军有头脑，这本来可以成为一段"一个资本家找到一个知本家，成长起一个知识性企业"的故事，但由于福建中银的管理不善，很多钱都不知去向地流失掉了，赚的不如花的多。

1994年年底，在前线辛苦经营的吴海军被告之整个集团居然没有获得赢利。

对此，吴海军非常失望，他陷入了困惑和迷茫。的确，要吴海军离开对他有知遇之恩的中银和夏乐冰是件痛苦的事情，尤其对吴海军这样一位重感情的人来说，但现状又要求吴海军必须离开。

1995年初，吴海军离开了福建中银，自己在深圳成立了新天下实业有限公司。

就这样，新天下正式成立了，一个今天对中国电脑配件市场有决定性影响力量的公司就开始起步了。

没有钱，吴海军将在老家南通开办的电脑公司卖掉获得了20万元，又向母亲借走了积蓄多年的3万元，满打满算25万元不到。

没有办公地点，吴海军就租了一个居民住宅楼内104平方米的两室两厅房子。

当时，吴海军把阳台改造成仓库，两间屋子睡人，一间办公，一间做餐厅自己开火做饭。

没有人，吴海军亲自上阵，员工连他自己在内只有4个人。

和一切艰苦创业、投资缺乏的小企业一样，创业之初，吴海军遭遇了很多艰难的考验。

良好的业界关系给吴海军的起步以很大的帮助。而吴海军和他的团队对新天下的投入更是成功的保障。

当时，吴海军等人说得最多的有两句话，一句是"趁着还有时间，赶快去吃一点饭"，另外一句是"趁着还有点时间，赶快去打个盹"。

吴海军迅速崛起的另一个原因，要归功于吴海军的眼光，就像他成功地预测了春节将成为销售旺季一样。1995年春天，他又一次把握住了计算机多媒体的浪潮。

创业的激情是人和,良好的业界关系可谓是地利,把握住多媒体浪潮是天时,天时地利人和都向吴海军招手,吴海军想不成功都不行。

第一个月,他们获得了5万元的赢利,初战告捷,他们一鼓作气,在第二个月再创新高,赢利达到了27万元,在其后的短短5个月内,他们奇迹般地偿还了中银的借款和利息。

到1995年年底,吴海军清点账目,新天下获利600万元人民币。

吴海军按捺不住心中的喜悦,他知道,人生的第一桶金子已经被他掘到了。

从此,一发而不可收拾,吴海军和他的新天下开始快速发展。

1995年10月,在电影卡正逢热销旺季的时候,台湾有一批1000片的电影卡要到内地来销售,每片成本需要1000多元人民币。

由于资金压力,新天下只能吃进一半。吴海军一面积极调货回内地悄悄发售到各地,同时,他大造声势海外将有大批电影卡到货,以稳定下游商家。

另一方面,吴海军又派人在自己的店面上摆上样品出低价压对手,对手以为货源充足,恨不能快点出手,货物上柜后平价出售,新天下立刻派人全部吃进。

这样一来,市场上只有新天下一家有货出售,电影卡市场唯新天下马首是瞻,电影卡价格顿时在全国范围内飙涨20%至30%。

2001年8月，吴海军成立了神舟电脑股份有限公司。当月，神舟电脑就已经在全国家用电脑的排名中跃居第五位。

2003年9月，神舟电脑更是跃升至国内台式机市场第二位，在笔记本市场也已经进入全国前三，2003年，神州全年销售额近40亿元。

神舟一出道，吴海军就把矛头直指国内电脑行业的老大联想。

面对联想的各种优势，吴海军决定采取低价策略，从"4998，奔4电脑抱回家"的宣传口号，到"5980，笔记本提回家"，再到后来7999元的迅驰、6999元的迅驰2代、3999元的一体式电脑、2999元的笔记本、4999元的双核笔记本，神舟的每一个举动都在触动着中国电脑业的神经。

就这样，神舟真正开启了中国电脑的低价时代。

吴海军挑战联想，可看做蚂蚁战大象，但蚂蚁自有取胜之道。

联想靠的是品牌，吴海军靠的是制造。吴海军在华北摆弄过所有的电脑零部件，并且自己制造主板，市场上流行的"奔驰"、"磐英"、"神龙"主板和小影霸显卡都在他的手中。

因此，吴海军对如何以最低的价格、最合理的配置达到最优质的效果了然于胸，并对市场上每一个小部件的变化都清清楚楚。

2001年8月,吴海军推出4998元的奔4电脑,喊出"4998,奔4电脑抱回家"的口号,很多人不敢相信,当时其他厂商奔4机器动辄8000元或者一万元,吴海军怎么能把价格一下子拉下一半来?

在英特尔全力推奔4 CPU的时候,同时也在强力推新型的Socket478的架构,以至于所有的厂商都在疯狂地吃进新型的Socket478架构的处理器。

而与此相反,吴海军却投入几千万元巨资大量收购了在厂商们看来是落后产品的423架构的奔4处理器。

在英特尔停产423架构的CPU前,很多台湾厂商大量生产了423的主机板,而这样的主机板只有配423的CPU才能出售,否则只能当电子垃圾扔掉。

在423架构CPU几乎被神舟全部收购的情况下,这些主板厂商只能来找吴海军谈判。

由于神舟自己也有一定生产主机板的能力,并不担心消化不了吃进的423架构的CPU。于是,这就使得这些厂商没有任何还价的余地,只能将七八十美元的产品以25美元的价格卖给吴海军。

由于423架构的奔4CPU本身就比478价格低200多元,再加上低价购来的主板,这样,新天下每台电脑能够节省成本800元左右。

对此,新天下的人说:"我可以多投入200块,把其他配置部件提升很多,所以整体性能并不逊色于其他品牌的奔4。"

于是，这样就有了当年4998元奔4的一举成功。新天下总资产已经超过1.5亿元，净资产超过1亿元，年销售收入10多亿元。

新天下先后打造出了"小影霸"、"磐英"、"奔驰"等一系列全新的电脑配件品牌，是第一家提出IT麦当劳创新销售模式、第一家引入经销商二次增值开发的中国IT企业。

和吴海军的新天下一样，在我国的科技领域有联想、用友等一大批私营企业，正因为有了他们的存在，中国在科技领域才迈开了向发达国家奋起直追的步伐。

私营经济迅速发展

1984年充满了悬念，也充满了风险和机遇。这一年，一个略显戏谑和暗示意味的词进入人们的视野。这个词过去只在梨园或风月场中流传，是一个上不了台面的下三流字眼。然而，它很快成了人们的口头禅。它让人想入非非，也给人们带来了好奇和想象。这个词，便是"下海"。

下海充满了风险，然而，在多年计划经济束缚下的人们却对它充满了兴趣。就这样，一批接着一批的下海者加入到了这个充满生机的下海大军。

而在1984年这一年，下海成了很多人抛弃铁饭碗，辞职或留职停薪转行从商的代名词。从此，商界也被人们喻为商海。

当年这么做是需要勇气的。1982年，有过一次打击严重经济犯罪的运动，温州"八大王事件"当时家喻户晓。

"八大王"指的是温州第一批成功的个体户，有"螺丝大王"、"五金大王"、"目录大王"、"矿灯大王"、"翻砂大王"、"胶木大王"、"线圈大王"和"旧货大王"。这"八大王"不仅被戴上"投机倒把"的帽子，更有的被判刑，有的进了"学习班"。这一行动对群众中刚刚涌动的致富热情，无疑是致命一击。

1984年初中央一号文件，提出要鼓励农民兴办各类企业，给"八大王"的商业行为松了绑。这年1月，邓小平在王震、杨尚昆的陪同下，专程来到了中国第一个改革开放"试验田"深圳，这是邓小平的第一次南行。

据当时蛇口工业区总指挥袁庚回忆，他连夜让人加班做了"时间就是金钱，效率就是生命"的牌子，放在蛇口区的入口处。当邓小平视察蛇口时，袁庚便向他请教这个口号的提法对不对。邓小平只回答了一个字"对"。

那些先知先觉的人，已从这些信号中获得了足够多的暗示。民众对经商的态度，开始发生了本质性的变化。那些小商小贩及留洋打工、倒腾紧缺商品的人，开始过上悠闲、富裕的生活，成为大家羡慕的对象。

据《中国青年报》调查，那一年最受欢迎的职业排序前三名是出租车司机、个体户、厨师，而最后三个则是科学家、医生、教师。一时间，"拿手术刀的不如拿剃头刀的，搞导弹的不如卖茶叶蛋的"，成为四处流传的顺口溜。

渐渐地，"投机倒把"这个词没人提了，"下海"成了人们常用的问候语，而"倒爷"则成为人们眼中体面的职业。

小倒爷们肩扛尼龙袋，在火车硬座的座位下，蜷曲身体做着金钱的美梦；大倒爷们，凭着炫目背景，拿着

● 私营经济

一张张批条，靠赚取计划价格与市场价格之间的差额，一夜之间成了暴发户。

这一年，在中科院计算机所工作的柳传志，终于耐不住寂寞创办了一家公司，地点是一个只有20平方米的传达室。

创业之初，他骑着自行车在北京街头寻找商机。他摆摊卖过电子表、旱冰鞋，批发过运动短裤和电冰箱。他绝不会想到，这家小公司多年后将成为IT业知名度最高的民族品牌。

也是这一年，王石来到深圳下海了。他的第一桶金是当倒爷获得的，倒卖玉米竟然让他赚了300万元，他还倒过外汇、日本电器等等。

第一批下海吃螃蟹的人，并不是每个人都这么幸运。

1994年被处决的资本枭雄沈太福，也是这一年下海的。他从科协辞职，办起了吉林省第一家个体科技开发咨询公司，每天骑着辆破自行车在街头巷尾刷广告。后来，沈太福因创办北京长城机电公司辉煌一时，最终却因137亿元的"第一非法集资案"，葬送了性命。

下海是充满了风险，然而，它却像一个逃出牢笼的精灵，也体会到了自由的快感。人们越来越多地从下海中，真切地感受到了计划经济的束缚。

1984年10月，国家终于通过了《经济体制改革的决定》。

1988年3月25日至4月13日，备受关注的第七届全国人民代表大会第一次会议在北京举行。4月12日，也就是会议闭幕的前一天，《宪法修正案（草案）》正提请全国人大代表审议。与会代表们普遍赞成宪法中增加"国家允许私营经济在法律规定的范围内存在和发展"这一规定。

福建上杭县农民、人大代表赖永兴，前几年同乡亲们筹集资金办起了一座水泥厂，当时拥有固定资产102万元，年产水泥能力为一万吨，经济效益很好。可是，一些好心人对赖永兴说，你办的厂是私营企业，政策一变，你可就成了资本家了。因此，这次赖永兴看到宪法修正案后高兴地说："把国家保护私营经济的合法权利写进国家根本大法，我心里的一块石头落了地。"

依靠兴办孵鸭场致富的胡丽华代表说，孵鸭是她的祖传手艺，可是在以前不让她搞孵鸭场，一家人过得很艰苦。

1979年，政策放宽后，胡丽华从兴国县来到自己哥哥所在的吉水县八都镇又办起了孵鸭场，年孵鸭30多万只，纯收入7000至8000元。然而，在当时，胡丽华的丈夫由于害怕政策多变，不敢同她一块去办孵鸭场。在此次人代会上，胡丽华说："这次宪法修正案允许私营经济在法律规定的范围内存在和发展，使我们打消了顾虑，我准备回去就把丈夫从家里动员出来，与我一块把孵鸭场的规模办得更大些，效益更好些。"

温州的代表看到宪法修正案后，更是非常高兴。在当时,有人把温州发展私营经济看成是"资本主义",并夸张地说:"谁没有见过资本主义,请到温州去。"

在此次人代会上,温州市委书记董朝才在审议《宪法修正案(草案)》时说:"尽管私营经济对促进温州经济发展起了重大作用,可是个体经营者不敢放开手脚干,干部也心有余悸。现在宪法对私营经济的地位和作用作了规定,我们可以大胆地干了。"会后,董朝才还高兴地对记者说:"目前温州市私营企业达到14万多个。去年,全市地方财政收入比1983年翻了两番多,有一半来自私营经济。"余兴未尽的这位市委书记看了看吃惊的记者,又果断地说:"今后我们将采取措施,促进私营经济更快地发展,使之成为地方经济发展的生力军。"

与此同时,也有一些代表在审议中,对私营经济的发展提出了一些有益的建议或更高的要求。

代表中的个体经营者说:"国家把私营经济通过宪法加以保护,对此我们从内心深处非常感激。但是我们还不能高枕无忧。现在,社会上'红眼病'厉害得很,从生产和生活各个方面为难我们。尽管宪法中明确了我们的社会地位,但是要转变人们固有的思想观念并非易事。况且宪法中又没有具体规定,要想从经济上保证私营企业在社会上的平等地位是很难的。"

一些来自国营企业的代表说:"国家把私营经济在宪法中加以承认,对此我们举手赞同。实际上,私营经济早已在与我们相互合作和竞争了。"

还有一些国营企业的代表说:"现在从政治上把私营企业放在与我们平等的地位上很必要,可是事情又不能到此为止,还必须采取措施,从税收、财务等方面对私营经济加以具体规定。

从经济管理上把二者放在平等的地位上,否则,二者在经济上的竞争将是不公平的。"一些干部和专家说:"保护私营经济发展是对的,但'有法可依,无章可循'不行。如果缺乏具体规定,在制订经济规划、购销原材料和产品,以及安排信贷等方面就很难办。"

还有一些经济专家认为,私营经济内部管理方式、利润分配方式、社会活动方式等许多方面与国营、集体经济不同,我们既不能简单地斥之为"资本主义"、"剥削"加以否定,也不能光冠以合法的帽子放任自流,而必须加以引导和利用。因此,只在政治上承认私营经济的合法地位还不够,政策规定、计划管理、思想观念等方面的工作也应尽快地跟上去,以免在社会上引起混乱。有些代表更是直接地说:"我国的私营经济还不发达,现在私营企业不是多了,而是太少。国家不仅应该允许其存在,还应该因势利导,帮助私营经济健康发展,使之真正成为社会主义公有制经济的补充。"

因此,在多数代表的支持下,第七届全国人民代表大会第一次会议通过了《中华人民共和国宪法修正案》,第十一条增加规定:

国家允许私营经济在法律规定的范围内存在和发展。

私营经济是社会主义公有制经济的补充。国家保护私营经济的合法的权利和利益，对私营经济实行引导、监督和管理。

这里提出对私营经济实行"引导、监督和管理"的方针。与此同时，代表们还希望，除宪法以外，国家有关私营经济方面的具体法规要尽快出台。

在代表的关心下，有关部门也加快了对私营经济的立法工作。6月15日，国务院发布了《中华人民共和国私营企业暂行条例》。"条例"包括总则、私营企业的种类、私营企业的开办和关闭、私营企业的权利和义务、私营企业的劳动管理、私营企业的财务和税收、监督与处罚、附则等八项内容。总则指出：

本条例所称私营企业是指企业资产属于私人所有、雇工8人以上的营利性的经济组织。

这就从法律上肯定了私营经济在我国存在与发展的历史地位。于是，在理论、法律与政策的大力支持下，个体、私营经济发展进入了第一次高潮期。

1988年下半年，各地的私营经济蓬勃发展了起来，特别是那些地方政府人员较早认同私营经济的地方，私营经济的发展更是喜人。

地处甘肃省中部的临夏市，当时根据民族区域自治条例中有关对民族地区的优惠政策，在坚持公有制经济为主的前提下，采取了积极扶持发展个体、私营经济的政策。

长期以来，临夏市地方财政紧张，增加国营、集体企业或扩大招工人数都相当不容易，城市居民就业非常困难。

党的十一届三中全会后，在甘肃省委的支持下，临夏市把发展个体、私营经济作为临夏各民族群众解决温饱、脱贫致富的一项重要工作来抓。为此，临夏市工商局依据工商行政管理法规，从审核发照，经营地点，经营范围，外出经商等方面为个体、私营经济的发展服务，使个体、私营经济得到了迅速发展。

私营经济给临夏带来了成功，使临夏成为黄土高原上流通活跃、经济繁荣的商业小城市。个体、私营经济的发展，不仅解决了部分群众温饱问题，还促进了市场建设和城市建设。几年间，临夏市已由原来的一条街形成了纵横交错的 10 多条商业街，分布了 10 多个专业市场。

在临夏的这些市场里，有云南来的茶叶，四川来的新鲜蔬菜，广东来的水果，又有上海的时装，新疆的毛料、葡萄干，还有本地加工的民族用品、风味小吃及各种地方特色的服务等。

一时间，在临夏的广大地区，无论是新建的居民点，还是偏僻的小村镇都有个体或私营经济的商业服务网点。他们的存在不仅增加了当地的税收收入，还大大增加了就业，方便了人民的日常生活。看到私营经济蓬勃的发展形势，临夏市政府把解决个体户经营、私营经济场地作为稳定个体、私营经济的一件大事来抓。为此,临夏市政府号召沿街居民建一些店,工商局、个体户和私营经济者集资建一些店。同时,市委还腾出设在市中心的市委大院,支持私营经济和个体户,集资250万元建起了一栋五层营业大楼的民族商场。

就这样,甘肃省临夏回族自治州从当地的实际情况和民族特点出发,放手搞活流通,发展私营经济,走出了一条切合本地实际、具有民族特色的经济发展之路。

当时,全州两万多家以个体、私营为主的乡镇企业工业产值已占工业总产值的近50%,与乡以上国营和集体工业各占"半壁河山"。

而私营商业零售额占社会商品零售总额的40%,已超过集体商业,与国营商业"并驾齐驱"。

同时,私营企业提供了全州40%以上的工商税收、46%的农民纯收入、80%以上的城市居民收入和70%多的社会就业。与临夏一样,当时,全国的私营经济也获得了快速发展。到1988年底,全国城乡登记注册的个体工商户发展到14549万户,从业人员23049万人;注册的私营企业有41万家,雇工人数72万多人。

如果加上大量挂集体企业牌子和混杂于个体工商户、个人合伙及乡镇、街道企业中的私营企业在内,实际的私营企业估计有20多万家。

私营经济的蓬勃发展,再次证明了私营经济的活力巨大!

1992年,邓小平南方谈话后,全国对私营经济的顾虑消除了,私营经济开始在全国再次蓬勃发展起来。然而,正当全国各地乘着改革开放的东风,快马扬鞭、奋力发展的时候,地处中原的河南省,却传出令人失望的信息:个体经济和私营企业数量当年1至5月分别比去年同期下降37%和85%。

对此,河南省委、省政府非常重视,他们积极和有关部门开始查"病情",找"病根"。个体、私营经济为何下降?省工商局发放了12万份问卷,挨个调查了近两年关门的1260家私营企业,与4200多个个体工商户举行了70多次座谈会。

最后,调查得出的结论是:落后的思想是个体、私营经济发展的主要障碍。其突出表现在,许多领导干部口头上表示要发展个体、私营经济,思想上的"恐资症"却根深蒂固,因而对个体私营经济的发展采取"宁左勿右"的态度,明令的政策不落实,反映的困难不理会,私营经济遇到困难更是不闻不问。

在有些地方,甚至规定不准个体、私营企业在专业银行开户,还有些地方举办产品展销会、物资交流大会,竟明文不让私营企业参加。在管理上对待个体私营经济是"宁严勿宽",唯恐不狠。同时,对私营经济的阻碍还有滥收费现象。通过对532家私营企业的调查,光摊派、收费的项目就达50多种,数量比正常税收多12倍。还有些乡镇以"壮大"集体经济为名,强行把一些效益好的私营企业划归集体。"病因"找到了，河南省委、省政府形成共识：

必须要纠正这些错误观念，为个体和私营经济发展扫清道路，促进私营经济迅速发展。

正错误思想的影响，成为扭转个体、私营经济下降局面的当务之急。6月初，河南省政府颁发了促进个体、私营企业稳定健康发展的文件。同时，对已不合时宜的13个文件予以废止和修改，并从放宽个体私营经济开业条件、放宽生产经营、减轻企业负担等方面，制定了明确的政策和法规。在完善法律法规的同时，河南省委、省政府还要求各职能部门认真对照有关政策，转变职能，为个体、私营经济发展办实事，排忧解难。

对各地有关部门故意刁难、歧视私营经济的做法，河南省委、省政府明确表示要坚决予以纠正。对利用职权，进行吃、拿、卡、要的恶劣行径，发现一起，查处一起，绝不姑息。在河南省委、省政府的大力整顿下，河南私营经济开始走上了快速发展之路。在河南私营经济发展走上正轨之时，私营经济发展

较好的浙江，也开始采取措施，促进本省私营经济的快速发展。

当时，历经10多年的发展，个体、私营经济已成为浙江国民经济中一支不容忽视的重要力量。

私营经济的发展，使浙江各级政府再次认识到，个体、私营经济不仅具有增加生产、活跃市场、扩大就业、

提供税收、满足人们多方面的生活需要等作用，而且还是改变我国农村落后面貌，实现农村现代化的一支重要力量。

山东省在积极发展个体私营经济的同时，还加强了对个体私营业户的管理，教育他们做文明守法户，积极引导他们走上合法经营之路。在这些政策的鼓励下，山东的个体与私营经济取得了飞速发展。到1992年底，个体、私营经济已渗透到生产、流通、分配、消费等经济运行的各个环节，分布于工业、商业、交通运输业、服务业等各个领域。在发展生产、搞活流通、扩大就业、方便群众等各个方面发挥了越来越重要的作用。

与河南、浙江、山东一样，一时间，全国各地都采取经济措施，鼓励私营经济发展，为私营经济发展创造各种有利条件。从此，私营经济在各地政府的推动下，如鱼得水，如龙归海，开始了不可阻挡的发展势头。

私企在互联网上创奇迹

2008 年 10 月 30 日，在福布斯中国 400 富豪榜上，位列第九的是马化腾。

在中国，或许有很多人不知道马化腾是何许人，但很少有人不知道那个以可爱的小企鹅形象为代表的聊天工具 QQ。

马化腾创建的腾讯公司就是靠着这个聊天工具改变了 1/13 中国人的沟通习惯，并获得了广泛的国际影响。

马化腾于 1971 年 10 月出生在广东汕头市。1984 年，马化腾随父母迁至深圳。

1989 年，马化腾进入深圳大学。进入大学后，曾经酷爱天文的马化腾在深圳大学却选择了计算机专业。"毕竟天文太遥远了。"他说。

在深大的岁月，马化腾的计算机天赋已经让老师同学刮目相看，他既可以成为各种病毒的克星，又可以为学校的 PC 维护提供解决方案，有时还干些将硬盘锁死的恶作剧，让机房管理员哭笑不得。

1993 年，从深圳大学毕业后，马化腾进入润迅公司，开始做软件工程师，专注于寻呼软件的开发，并一直做到开发部主管的位置上。这段经历使马化腾明确了开发软件的意义就在于实用，而不是写作者的自娱自乐。

而也正在这一年，马化腾的大学师兄史玉柱开发的"汉卡"软件已经红遍中国，巨人集团名噪一时。

从师兄的身上，马化腾得到了某种启示。马化腾是潮州人，潮州人那种深入到骨髓里的商业细胞开始在马的身上"激活"。

当时，正是股市最红火的年代，聪明的马化腾于是与朋友一起开发了针对股民的"股霸卡"。结果这个软件一炮而红，在赛格电子市场甚至卖到断市。

同一时间，马化腾亦弄潮股海，并在1994年完成了一次飞跃，为其后来独立创业打下了基础。那时马化腾最精彩的一单是将10万元炒到70万元。

从1998年开始，马化腾就考虑独立创业，却一直没想清楚要做什么，但创业的想法并没有消失，他知道自己对着迷的事情完全有能力做好。

工作经历使马化腾感到，可以在寻呼与网络两大资源中找到空间。

1998年11月，27岁的马化腾创办了深圳腾讯计算机系统有限公司。

1999年2月，深圳腾讯计算机系统有限公司自主开发了基于英特网的即时通信网络工具，即腾讯即时通信Tencent Instant Messenger，简称腾讯QQ。

于是，一个网络神话开始了。

跟其他刚开始创业的互联网公司一样，资金和技术成了腾讯最大的问题。

"先是缺资金，资金有了软件又跟不上。"这就是马化腾创业之初的写照。

就这样，这家由 10 多个人组成的公司，力量单薄得可怜，创业的艰难让马化腾和他的同事们疲于奔命。

在当时，马化腾的名片上也仅仅印了一个"工程师"头衔，当时的主要业务只是为深圳电信、深圳联通和一些寻呼台做项目，QQ 只是公司的副产品。

公司创建 3 个月后，马化腾和他的同事们终于开发出第一个"中国风味"的 ICQ，即 OICQ，这就是 QQ 的前身。

然而，这个后来风靡全国并为腾讯公司创造巨大财富的聊天工具，当时并没有给腾讯人带来太多喜悦，因为那时国内也有好几款同类的软件，用户也不多，没有人看好马化腾的 OICQ。

面对残酷的竞争现实，倔强的马化腾不肯服输，他认定这个聊天工具中隐含着巨大的商机。

就这样，马化腾抱着试试看的心态，把 QQ 放到互联网上让用户免费使用。可是就连马化腾本人也没有料到，这个不被很多人看好的软件，在不到一年的时间里，就发展了 500 万用户。

大量的下载和暴增的用户量使马化腾兴奋的同时，也让腾讯难以招架。因为人数的增加就要不断扩充服务器，而那时一两千元的服务器托管费，让小作坊式的腾讯公司不堪重负。

面对困难，QQ 只好去偷用人家的空间和宽带，没有钱来买服务器，而市场上 ICQ 的中文版 OICQ 特别受欢迎，下载的人特多。2000 年，OICQ 的冬天到来了，第一次网络泡沫席卷了整个中国互联网，腾讯终于要出手让贤了。

2000 年，QQ 的团队找到了刚刚临时成立的联想投资筹备小组。结果报告都还没递到联想在深圳的负责人朱立南手里，下面的员工以看不太懂为理由，就把腾讯的人打发走了。

接下来，马化腾找到网易，但网易的负责人丁磊也没有看上 QQ。因为丁磊当时更看好邮箱，他认为 QQ 技术含量太低。

于是，马化腾又找广东电信，在谈价格时，广东电信只愿意出 60 万，马化腾最初还答应了，但当广东电信的人来办公室收拾桌椅板凳的时候，马化腾后悔了，就这样，公司没有卖。

此时，马化腾下定决心留下这个给自己带来麻烦的"孩子"，并把它培养长大。

于是，马化腾就开始四处筹钱，国内筹不到就寻找国外的风险投资。

几经周折，功夫不负有心人，马化腾遇到了 IDG 和盈科数码，他们给了腾讯 220 万美元的投资，分别占公司 20% 的股份。

利用这笔资金，马化腾给公司买了 20 万兆的 IBM 服务器。

多年以后,马化腾还喜不自禁地回忆:"当时放在桌上,心里别提有多美了!"

当然,马化腾很清楚,光靠国外的风险投资是不够的,他开始想办法从客户身上挣钱。因为如果每个用户愿意花一至两元的话,腾讯就有近 4 亿元的收入。这可是一笔大收入啊。

有一次,马化腾发现韩国有种给虚拟形象穿衣服的服务,于是马化腾把它搬到了 QQ 上。

为此,马化腾还找来了诺基亚和耐克等国际知名公司,把这些公司最新款产品放到网上,让用户下载。

这样一来,所有注册用户都可以得到他们一如既往的免费服务,以满足其即时通信需求,而想享受到更具诱惑力的体验性增值服务,就必须付出相应的费用。

这一措施使腾讯逐步走上了健康发展良性循环的轨道。当时,腾讯的这一块业务增长很快,有超过 40% 的用户已尝试过购买。

2004 年前三季度,腾讯盈利达 3.28 亿。不久,腾讯成功在香港上市,又募集了两亿美元的资金。当年弱不禁风的小树苗终于长成了参天大树。

熟知马化腾的人都知道他有一句名言:"玩也是一种生产力。"从玩中找到乐趣,把玩的心态和现实结合起来,不仅是马化腾发展事业的原则,也是他开发聊天软件的一个宗旨。

对创业者来说，乐趣重要；对 QQ 的用户来说，乐趣也同样重要。

马化腾经常对别人说："QQ 有两个用途，一是商用，一是娱乐。"

因此，除了精心强化 QQ 本身的通信功能外，马化腾还一直希望 QQ 能往娱乐方面发展。

而在娱乐化方面，QQ 也可以孵化并开发出很多种个性化的产品和功能。马化腾觉得在这方面腾讯人重视的程度还不够，所以他决定把用户的兴趣点定为公司的重点发展方向。

很快，腾讯成功了。后来，腾讯 QQ 已经拥有超过 1.6 亿的用户群和 730 万付费会员，同时拥有 1310 万的注册短信用户，成为亚洲第一、世界第三的即时通讯运营商。

然而，随着免费即时通讯的不断开发和推广，即时通讯工具如微软的 MSN、网易的泡泡、UC、ICQ、Yahoo Messenger 等等，层出不穷，他们纷纷向 QQ 的垄断地位发起进攻。

面对竞争，马化腾并不担心，因为即时通讯市场非常特殊，并不是简单地卖一个软件产品就可以了事的。产品、服务、运营任何一方面缺位，都无法满足用户的需求。

腾讯在国内运营了几年，这方面的优势已经凸显出来。而其他的新产品从构筑运营到服务体系，都还有很长的一段路要走。

对此,这位年轻的 CEO 举重若轻地说:"在战略上我们欢迎竞争,但在战术上我们非常重视竞争对手。我们会做很多具体的分析,比较各自的优劣短长,挖掘用户的潜在需求。"

事实上,面对激烈的市场竞争,腾讯早已采取了相应的策略。

2005 年,腾讯公司在北京举行了一个活动,庆祝他们刚刚推出一年的 QQ 游戏突破 100 万用户。而 QQ 游戏的推出,正是腾讯挖掘用户在即时通讯以外的娱乐需求,以应对激烈市场竞争的一个重点。

经过短短几年的发展,腾讯 QQ 的用户群已成为中国最大的互联网注册用户群,注册用户高达 2.91 亿,活跃用户 7100 万,最高同时在线用户达 600 万。腾讯 QQ 已成为亚洲最大的即时通信服务网络。而 QQ 的标志,那两个憨态可掬的企鹅更是风靡了无数年轻人。

互联网是个新兴的产业,腾讯、网易等一大批私营经济的加入,为中国互联网的发展提供了强大的动力。同时,互联网的发展,也为中国私营经济的发展开辟了又一个新的战场。

私企推动制造业大发展

2000年11月8日,李鹏到重庆召开企业家座谈会,出席会议的民营企业家只有一人,他就是尹明善。

会后,李鹏亲切地对尹明善说:"尹明善,过来,过来,我俩单独照个相,表示我对民营企业家的支持。"

2001年3月,朱镕基在一次全国政协会议中,更是欣然对尹明善大加赞扬:"你是一位成功的民营企业家!"

受到众多国家领导人称赞的尹明善,确实创造了巨大的业绩。

尹明善生在重庆涪陵乡下的一个小地主家。1950年,12岁的他和50多岁的小脚母亲,便被"运动"到荒山顶上一间被弃用的茅草屋,仅有一块薄地、几个锅碗,生存甚为艰难。

很小的尹明善就体现出了经商头脑。当时,尹明善因体力不足,只能靠智力养家糊口。

于是,他决定"做生意":从一个好心人手里借了5角钱,步行到城里把钱批发成针,再回到乡下沿村叫卖。

就这样,每天5角钱的针能卖一块多钱,每天赚得的钱,买够米后就存起来做"流动资本"。

几个月后,尹明善就"富裕"得拥有了好几块钱。

尹明善后来回忆说:

最值得记住的就是,通过卖针,我居然懂得了今天所说的资金调用及拆借。

生意做了一年多,赚了10多块钱。尹明善就把钱都给了母亲,赤手空拳地到重庆求学读书。

在以后的20多年里,由于当时特定的环境,尹明善遇到了一些不公正的待遇,但尹明善却实实在在地看了20多年的书,久而久之,甚至养成了为学习而学习,陶醉在学习的过程中,而并不奢望读书肯定能有一个最后的结果。

1979年,尹明善的命运终于发生了历史性的转折,已过不惑之年的他也落实了政策。

一位官员向他宣布平反决定时说:"尹明善,你还年轻,你可以堂堂正正地做人了!"

当时,尹明善想:"是的,我还年轻!姜子牙81岁出山,我今年41岁,一切都并不算晚。"

在那个百废待兴的年头,不久,尹明善当了重庆电视大学英语教师。

1982年,重庆出版社恢复,尹明善前往应聘,又成为出版社的一名编辑。

两年之后,重庆外办下属一个涉外公司出现亏损,数十万的窟窿想找个能人去填上。

当时,市外办副主任是尹明善的朋友,这位副主任看尹明善平时交谈头头是道，就认定尹明善是经商之才。于是，这位负责人就调尹明善去出任该公司的法人代表。

尹明善没有辜负这位负责人的期望，一年多之后，亏损填平，账上赢利数十万。

此时，正当公司准备加大发展力度时，尹明善却递交了辞职报告。

尹明善此时已认定，改革开放的形势不可逆转，如果别人不能给你理想中的舞台，何不自己去创造一个舞台？

1985年底，他离开涉外公司，正式下海，创办了"重庆职业教育书社"。就这样，尹明善成为了重庆市最早的民营二渠道书商。

半年之后，尹明善编辑发行的第一套书《中学生一角钱丛书》，总发行量突破千万册大关，每本能赚一分钱。于是，尹明善一炮而红，而且红遍了大江南北。

到1989年，尹明善已经成为重庆市最大的民营二渠道书商。

就在此时，尹明善开始反思：这个行业尽管在全国正烽火连天，活跃异常，但也已是一眼见底。就当时的形势而言，图书行业注定将是一个做不大的行业。

于是，尹明善决定关门，退出书刊发行行业。

如果说，少年时代的艰苦生活，显露了尹明善聪慧能干的素质。那么，尹明善在1989年书刊发行经营尚处在红火之中，却能够断然退出，而另寻商机再择新业，则充分展示了他那非凡独到的战略眼光与敢作敢为的大将风度。

当时,尹明善放弃是如此的容易,也如此之快,以至于整整一仓库的存书没有卖掉,便干脆用了几大卡车,将其拉到废品收购站,书当废纸卖。

从书刊发行业撤退出来后,尹明善并没有一下子就找到新的商机,但是,他却拥有了重新选择道路的充分主动权。从事书刊发行业所掘到的第一桶金,既让他的生计有了保障,也使他拥有了投身于新行业所需的启动资本。

在退出书刊发行业后,尹明善花了两年半时间,怀揣自己浪漫的商业梦想,从从容容地南下北上,东西考察,左寻右探,去市场的每一个角落,寻找能令自己生根发芽成长发展的商机。

其间,尹明善甚至跑到四川外语学院,去强化了半年英语,当时尹明善已经52岁,因此他也就成为该校年龄最大的学生。

后来,尹明善也因为他的学习精神,而被老师誉为最勤奋、进步最快的学生。

1991年,尹明善租来别人的执照,开始做香烟生意。

当时,尹明善看到这个行业,利润虽丰厚,但做法太"黑",不仅百分之百的偷税漏税,而且其中充满了黑社会的"码头文化"。

一个月后,尹明善逃了出来,或者说又一次主动撤出。此时，尹明善抱定的信念是：凡不能在阳光下公开的生意，是无法成长为真正的事业的！即便它可以赚大钱，也不能干。

经过多次摸索，尹明善终于发现了家乡重庆山城独有的一个重大商机：摩托车！

20世纪90年代的山城重庆以摩托车闻名，行业老大"嘉陵"和老二"建设"都齐集于此。因而，也带动了一大批生产销售摩托车及配件的民营企业，人称"摩托帮"。

不过，在外人看来，当时，这条道上已经有两只大老虎拦路，更已有数不清的同行在虎视眈眈。没有相当的实力，要一头扎进这个行业，风险也是不小的。因为，两大摩托集团随便有个小动作，虽可使一些人一夜致富，但也能让另一些人转瞬垮台。

有一次，一位经营着一家校办摩托车厂的"摩托帮"朋友，在闲聊时告诉尹明善，他每个月需要几百台发动机，却要到河南去买，价格很高而质量很差，而本地的嘉陵、建设是不愿意把发动机卖给其他小厂的。

正在到处探寻商机的尹明善，敏锐地从这个信息中找到了他想要的灵感。

在仔细研究了当时摩托行业的状况，并盘算了其间的风险与机会的比率后，时年已55岁的尹明善，果断决定进入摩托车行业。

就这样，尹明善倾注了他第一次创业时掘获的全部资金20万元，开始了他的第二次再创业的辉煌历程。

1992年，尹明善注册成立了"轰达车辆配件研究所"，启动资金20万元，员工9人。

在租来的不足40平方米的生产场地上，尹明善却雄心勃勃地告诉每一个人："我们的理想，是造出全中国没有的发动机。"

当然，那时没几个人会拿尹明善的豪言壮语当真。

但是，心存这一高远理想的尹明善，就马上进入一步步务实的操作行动，表明了他不是在说说大话寻开心，而是实打实地真要开始攀越新的高峰了。

没有国企的资源依托，没有先入者的品牌优势，年已55岁的创业者尹明善，要在夹缝中杀出条生路，只有剑走偏锋。

但是，尹明善也有他的战略创新。

创业之始，尹明善没有重复其他小企业为大厂做边角料的老路。一开始，尹明善就直指摩托车的"心脏"，即发动机的生产。

因为尹明善看到，尽管当时的摩托车市场热浪灼人，但发动机一直是瓶颈。国内只有50毫升和70毫升两个型号，其余大多从日本进口，当地摩托车小厂还不得不远到外地去买价高的国产发动机。

就因为这些，尹明善的判断是：做摩托车发动机尽管市场空间不大，但技术空间很大，创新空间更大，利润空间无限大。

第一步发展战略确认后，尹明善便将实施战略的战术突破口选在了当时是摩托巨人的"中国重庆建设集团"的发动机环节链上。

尹明善发现：可以把建设集团维修部的发动机主要配件买过来，由自己装配为发动机再卖出去，成本仅1400元，而卖价可高达1998元。

这是一条当时重庆市场上无人走过的捷径，建设集团对此自然浑然不觉，其他民营摩托小厂商们则想都不敢想自己能装配发动机。

于是，尹明善的小企业开始了悄悄采购摩托零配件的"游击战"：今天去买1号到10号的零件，明天去买11号到20号的零件。总之，使配件要买齐也能买齐，但同时却不能让对方感到面临竞争。

然后，经组装好的一台台供不应求的高质量的摩托车发动机，再从尹明善的公司里卖了出去。

就靠这种方式，大把大把的丰厚利润则不断地回报进来，并且一发不可收拾。

公司最火的时候，订货的外地厂商提前几个月打来预付款，天天到公司的组装厂门口排队取货，以至于公司每星期都得到机场包机发货。

红红火火的业务，很快使55岁才入行的尹明善，不仅在这个他从不熟悉的行业中站住了脚，而且，迅速成为了摩托行业里的强人。

当然，尹明善知道，这样的日子长不了，一旦形成气候，建设集团肯定卡脖子。

尹明善想：哪些配件以后可能被卡呢？当然是建设集团生产的部分。

因此，尹明善从开始组装发动机的第一天起，就积极联系配套厂，设计自己需要的零配件。

4个月后，几个关键零件被开发出来。

此后，当建设集团一夜醒悟，下令一个零件也不卖给尹明善的公司时，摇篮里的婴儿却已能自己走路了。

1993年以后，随着市场竞争的加剧，重庆摩托车业重新洗牌。到2001年，尹明善的重庆力帆集团公司以产销发动机184万台、实现销售收入38.5亿、纳税1.136亿元的骄人业绩，超过嘉陵、建设两大老牌摩托车企业巨头，成为重庆摩托车业的龙头老大。

同时，力帆的发动机产销量、出口创汇、专利拥有量、产销综合值四项指标居全国第一，综合实力在全国同行业排名第二。国内知名摩托车企业新大洲、钱江、轻骑、富士达、港日都采用力帆发动机。

攀上中国摩托车行业高峰的梦想成真之后，尹明善虽已是年过花甲，但他仍是壮心不已，激情常在。

随后，尹明善又为公司提出了两个目标：一是将产品打出国门；二是拎着钱箱杀入足球圈。

对此，尹明善还多次对人说："人不出门身不贵，产品不出门不值钱；国内赚钱，市场好汉；海外获利，民族英雄。"

从全球看，除中国外，每年全球的摩托车市场容量大约是1000万辆，其中一半以上被日本企业占领，剩下的被我国台湾以及意大利等地企业瓜分。

1998年9月，民营企业自营出口权批下来了，起跑枪声一响，尹明善就集中了最多的兵力，拼命开拓海外市场。

经过多年的努力，尹明善的力帆集团已在南非、伊朗、越南设立了组装厂，并还计划在印尼、阿根廷、尼日利亚、美国等地设厂，初步实现生产的全球化。

尹明善的品牌战略跟国际接轨，战果一路辉煌。品牌的打造，大大强化了自己。

后来，中国摩托车所到之处，日本人节节败退。过去并不把中国人放在眼里的日本摩托车公司，一觉醒来突然发现，自己的传统领地已经被这位不速之客冲得七零八落。

2001年9月，力帆摩托首销日本，改写了中日摩托车有来无往的历史。

同时，在越南，尹明善的力帆摩托车更是占有绝对优势，越南驻华商务参赞说："在越南，'力帆'的牌子比'本田'响。"

2001年，力帆集团出口创汇2.02亿美元，在全国摩托车企业中首家出口创汇突破1亿美元，成为全国当之无愧的摩托车出口老大。

2002年，力帆又被外贸部评为中国进出口500强、全国自营出口企业 23 名。

尽管已获得了很多第一，尽管已获了令人眩目的成功，但 65 岁的尹明善仍在不停地攀登。

尽管仍有困难重重，前行的道路上也少不了坎坎坷坷，或许那梦中的顶峰是他今生也无法达到的高度，但尹明善始终充满信心，一往无前。原因何在？他是要塑造"百年力帆"的民族品牌、世界品牌。

当时，在全球一般消费类产品中，从小工艺品到冰箱、电视等家电产品，大量中国制造的商品出现在世界各地的超市，中国也因此被人称为"世界工厂"，而支撑这一荣誉的，就是像尹明善那样的制造商们。

中国私企称雄海外市场

2004年年度经济人物颁奖典礼上曾经有这样一段评语：

> 一个有远见的商人，顺势而行搭上中国经济和平崛起的巨轮；一个负责任的管家，投资他领导的企业，收益10年增长10倍。上市公司的典范，"中国制造"的标杆。

这个人就是麦伯良，他的企业就是中集集团有限公司。麦伯良就是带领了这个企业，将国内沿海的集装箱厂全数并入囊中，形成了遍布中国沿海主要港口的集装箱生产基地，并开始了向日本、韩国集装箱市场的挑战。

在世界集装箱市场上，20世纪70年代是日本人的天下，80年代则是韩国人说了算。

1991年，麦伯良通过在世界各地考察，清楚地看到全球范围内集装箱的制造要往中国转移。

在当时，韩国还是世界第一，韩国在集装箱制造领域占的市场份额最高的时候超过60%，处于绝对领先的地位。

于是，1991年，麦伯良就确立了争做世界第一的目标，目标确立后，中集就悄悄展开布局。

1993年，中集集团收购大连集装箱公司51%的股权，建立了北方生产基地。

1994年，中集集团收购了南通顺达集装箱公司72%的股权，建立了华东基地。

就这样，加上深圳原有的生产基地，中集集团两年内便完成了在中国大陆全方位的生产服务格局。

1996年，中集集团再次兼并广东新会的一个集装箱厂。同年，用B股增发的募资，中集集团在上海建立了冷藏集装箱生产基地。

此后，中集集团开始了向海外同行业挑战的步伐。

1997年，亚洲金融风暴为中集集团收购韩国现代在青岛的两家冷藏箱厂提供了契机。

在当时，因为韩国受金融风暴影响严重，在青岛的冷藏箱厂无法维持，就有了出售的想法。

最初，韩方出价1亿美元，而中集集团出价2800万美元。为此，麦伯良还亲自带了一个队去韩国。

接着，面对压力，韩方将价格降到5000万美元，但5000万美元距中集集团的2800万美元差距还是太大。

麦伯良说："在你们看来，这个项目是值5000万美元，但在我看来，中集集团在集装箱生产领域已经占据首位好几年了，我们马上就会建冷藏箱厂，那个时候你们把厂卖给谁呢？到那时你们的厂就一分钱不值了。"

最后，经过磋商，中集集团以2800万美元拿下了韩国在青岛的那两家冷藏箱厂。

1998年，中集集团又收购韩国现代公司在青岛的两个箱厂以及中远集团的两个箱厂。

至此，中集集团确立了中国沿海全方位的战略布局。此时，环顾全球，世界集装箱基本转移到了中国，集中到了中集集团手上。

除了在沿海收购企业形成规模效应之外，中集集团还特别注重制造中的小细节。在中集集团，一个集装箱的生产要经过200个流程、几千个动作。在机床上焊接一块钢板，先焊哪部分，先组装哪个部件会更省时间省材料，这些流程麦伯良都要求作精确的计算。每节省下一分钱，中集集团就多了一分击败竞争对手的机会。

当然，日本在制造方面是最高傲的，在产品质量方面要求也最为严格。最初，中集集团将集装箱输入日本本土时，就受到了很大歧视。

在当时，中集集团和日本、韩国的两家企业同时服务于一个日本客户，三家先各做500个。

产品完成后，客户说中集集团的产品有问题，中集集团就派人去了日本，到现场去一看，中集集团的人才发现日本的产品是免检的，韩国的产品是抽检的，而中国的产品是接受百分之百检查的。

麦伯良问道："为什么？"

日方说："我们日本的产品不会有问题的，韩国的产品也可以的，中国的产品必须一个一个检，我们就是认为你的产品不行。"

麦伯良气不过，就提出了一个要求：把出产地标签都用布蒙起来，请日本的专家做一个评比。

骄傲的日方接受了麦伯良的建议，他们安排了二十几个专家去做了一个测评。

很多评比项目做下来，测评的结果是：一家87分，一家86分，一家64分。

当时，谁都认为64分的肯定是中国的，但是打开布的时候所有在场的人全傻了，中集集团的产品是86分。

此后，中集集团集装箱在日本的市场格局就完全改变了。

靠着这种过硬的质量，中集集团取得了巨大的成功。

到2000年，中集集团不但做到了世界第一，而且就是把全球第二、第三、第四、第五加起来的市场份额，跟中集集团相比还差20%。

2004年，中集集团全球市场份额超过40%，并连续多年稳居世界集装箱业龙头宝座。

如果说康佳、创维、TCL等彩电企业在市场上是与竞争对手短兵相接，以弱胜强；华为通过与客户结盟，建立合资公司，有效地排斥了竞争对手；而中集集团则是通过高质量和收购兼并消灭竞争对手而独霸市场。

正是有了这些私营企业的辉煌成就，才使我国的私营经济开始在国外称雄。

四、外资经济

- 王震在西北组发言时指出:"我们应利用西欧、日本等国的新技术、成套设备和资金急于找出路的情况,多搞些补偿贸易、合资企业。"

- 荣毅仁说:"这三个单位的合同、章程我都看了。根据国际惯例,我认为,这些条款都是可行的。"

- 邓小平明确回答道:"可以,不但轿车可以,重型车也可以嘛。"

邓小平提出吸收国外资金

1978年9月，在听取中共吉林省委常委汇报工作时，邓小平说：

我们现在要实现四个现代化，有好多条件，毛泽东同志在世的时候没有，现在有了。中央如果不根据现在的条件思考问题、下决心，很多问题就提不出来，解决不了。

……

毛泽东同志关于三个世界划分的战略思想，给我们开辟了道路。我们坚持反对帝国主义、霸权主义、殖民主义和种族主义，维护世界和平，在和平共处五项原则的基础上，积极发展同世界各国的关系和经济文化往来。

经过几年的努力，有了今天这样的、比过去好得多的国际条件，使我们能够吸收国际先进技术和经营管理经验，吸收他们的资金。

邓小平的这些论述，成为以后我们党实行对外开放政策的依据。

在此后党的十一届三中全会召开期间，经邓颖超等老同志提议、李先念批准，大会专门向参加会议的同志印发了《苏联在二三十年代是怎样利用外国资金和技术发展经济的》、《香港、新加坡、南朝鲜、台湾的经济是怎样迅速发展起来的》、《罗马尼亚、南斯拉夫的经济为什么能高速发展》等材料。

这些材料揭示了一个共同规律，即当时世界上任何国家和地区的经济要获得迅速发展，都不可能封闭自己，都离不开利用外国的资金和技术。

正是受到这些有益经验的启发，代表们纷纷提出，在发展经济方面，我们应当解放思想，认真研究其他国家的做法，很好地汲取别国成功的经验。

王震在西北组发言时指出：

> 我们应利用西欧、日本等国的新技术、成套设备和资金急于找出路的情况，在平等互惠、互通有无的原则下，多搞些补偿贸易、合资企业，也可以设想利用国外资金和先进技术设备，对我国的大江、大河流域进行疏浚，建设梯级水电站，并开采有色金属、贵重稀有金属等矿业。打开这个大门，经济、科技都会上得快一些。

为此，王震还向中央建议：

人大常委会应尽快制定有关接受外国贷款、借款、投资等方面的法律，对外商投资提供优惠，鼓励外商与我们合办企业，保证外国投资不受侵犯；要扩大各省、市、自治区的自主权，充分发挥地方的积极性，允许他们向外借款或与外资合办企业，以加速我国的社会主义四个现代化建设。

　　最后，会议审议通过的1979年、1980年两年经济计划工作的文件中明确提出，经济战线必须实行3个转变。其中之一就是要从那种不同资本主义国家进行经济技术交流的闭关自守或半闭关自守的状态，转到积极地引进国外先进技术，利用外资，大胆地进入国际市场的状态。

　　这表明，我们党已基本确定了对外进行经济技术交流合作的政策。

　　1979年，中国第一部《中外合资经营企业法》出台。

　　1979年11月26日，邓小平在会见美国《不列颠百科全书》副主编弗·吉布尼时指出：

　　中国现在按照国际合作的精神，采取了一个向世界开放的政策。

　　这是我国第一次将对外经济技术交流合作的方针和

政策用"开放"的概念进行表述和概括。

1980年6月5日，邓小平在接见美国和加拿大社论撰稿人访华团时，明确宣布：

> 我们在国际上实行开放的政策，加强国际往来，特别注意吸收发达国家的经验、技术，包括吸收外国资金，来帮助我们发展。

至此，我们党对外开放的方针已正式确定，中国对外经济关系的伟大历史转折业已完成，中国步入了一个改革开放的新时代。

在以后的岁月里，随着经济特区和开发城市的一个个确立，一个个外资企业开始落户中国，中国的外资经济迅速发展壮大。

改革开放以来，我国吸收和利用外资的规模巨大。特别是1993年后，我国连续9年成为仅次于美国的全球第二大吸收外资的国家。2002年，我国吸收外资更是超过美国，跃居世界第一。

第一个合资企业取得成功

2000年，北京航空食品有限公司在第二期经营期间，公司共计分配利润高达3.2亿元，实现了良好的投资回报。

这个成果的取得还要追溯到改革之初，北京航空食品有限公司是改革后的第一个合资企业。

改革之初，国内航空配餐业的落后是相当明显的。当时香港《快报》上曾刊登过一篇文章，题目叫《飞机餐又冻又硬，烤鸭片既脆且香——内地饮食好坏评》，文中对当时中国民航提供的航空餐食描述道：

> 鸡腿淡而无味，肉硬而不滑，简直比不上香港街边只卖1.8元的"炸鸡"。午餐肉似乎是刚从罐头中取出，未经烹调，冰冻得难以下咽。飞机餐的糕点则是坚硬无比。

党的十一届三中全会以后，中国民航事业遇到了前所未有的好时机：国际航线开通、波音机群引进。

显然，在这种情况下，简单的面包、罐头之类的航空餐食已经无法适应航空业的发展，尽快建立并发展中国的现代化航空配餐企业已迫在眉睫。

在当时，国内航空配餐业一无设备、二无技术、三无经验，寻求与境外地区和国家合作就成了顺理成章的事。

最初，民航北京管理局有关人士找了几家日本航空公司，寻求合作。

但因日本方面的条件过于苛刻，协商未果。此后，他们仍在不懈地寻求着合适的合作伙伴。

此时，香港贸易中心协会常任理事伍淑清，正好应新华社香港分社的邀请，到内地参观访问。

在从武汉到广州的火车上，伍淑清听到了广播里播报鼓励外商到中国投资的头条消息。中国打开国门之后，将吸引世界各地的企业家前来投资。

此时，联想到自己的家族在经营食品方面颇具经验。听到广播后，伍淑清忽然有了一个念头。

同时，伍淑清在飞机上吃饭时，发现空姐送来的食品竟是冰凉的，同机的香港人还纷纷抱怨。

于是，伍淑清灵机一动，为什么我们不可以在内地成立一家航空食品公司，来改变这种状况呢？

回港后，伍淑清就把拟在中国内地成立合资配餐企业的想法，以及如何把做食品的经验和中国航空服务业的发展结合起来，向父亲伍沾德和盘托出。

伍沾德是香港知名饮食集团美心集团的主席，该集团在海内外有300多家餐饮企业。同时，伍沾德还是位爱国者，一贯热心社会公益事业。

因此，听到女儿的提议后，伍沾德立即表示支持。

接着，伍沾德马上与女儿一起来到北京，和中国民航总局商谈合作做航空食品的可能。

1979年6月，双方谈了3次，因为伍沾德等人不会讲普通话，所以谈判时，常常要用纸笔沟通。

当时，中国刚刚打算开放，合资企业还没有先例，前途未知，很多外商心里不是十分有底，觉得风险很大，担心以后被吃掉。

当时，伍淑清和父亲认为，中国民航就要开通国际航班，国际航班上就要有合格的食品。让中国飞机上的餐饮率先走向世界，使它成为打开国门的第一个窗口。食品虽小，意义却不小，所以应该是有信心的，要接着谈。

然而，因为是成立的第一家合资企业，当时中国的有关部门要反复研究，有时还要多方请示。

当时，为了审批这个合同，国家经委，国家外国投资管理委员会，财政部以及税务、海关等部门先后开了3次会。

每次会都是争论不休。毕竟是第一次与外资打交道，谁都没有经验。大家心里都有担忧：怕对方占便宜，怕国家吃亏，怕不符合国家政策……

几经争议、讨论，各方面还是统一不了思想。最后，有关部门就想到了新中国成立前搞过合资企业的荣毅仁。于是，他们就请德高望重的荣毅仁来裁决与伍沾德的合同事宜。

荣毅仁说:"这三个单位的合同、章程我都看了。根据国际惯例,我认为,这些条款都是可行的。"

在这个过程中,民航总局还把准备和香港一家食品公司合资搞航空食品的事情汇报给了邓小平。

邓小平当即表示了肯定。国家领导人的直接关心,给了谈判双方极大鼓舞。

终于在一个清晨,双方达成了协议。协议提出,双方共同协作,成立"北京航空食品有限公司"。

按照合同规定,双方共投资 588 万元人民币,中国民航占投资总额的 51%,香港贸易中心占投资总额的 49%,合作期为 8 年,正式开业时间就定在 1980 年 5 月。

也许,几百万元人民币的投资总额并不算多。但在当时,作为第一家合资企业,这家公司的政治象征意义远远超过了它的经济意义。

1980 年 4 月 21 日,北京航空食品有限公司与北京建国饭店、长城饭店一起被国家外资管理委员会正式批准成立。

就这样,它们成为新中国第一批合资企业。而北京航空食品公司则荣幸地拿到了第一号合资企业营业执照和第一号合资企业经营许可证,理所当然地成为新中国第一个合资企业,其在国家工商行政管理局的注册编号为 001 号。

而伍淑清的"速度"在这个时候再次发挥功效:协

议未被正式批准之前，她已耗资 500 万，将所需的食品机械从海外订好并起运。

因此，在批文下达的第二个月，公司就正式开业投产了。

曾任中国国际航空公司总裁的徐柏龄见证了这一历史时刻，据他后来回忆道：

1980 年 5 月 2 日是个春光明媚的好天气。这天，在首都机场宾馆西侧的广场上，中港合资的北京航空食品有限公司举行了隆重的开业典礼。

时任中国民航总局局长的沈图和香港贸易中心代表伍沾德先生及中国民航和香港贸易中心的数百人，出席了隆重热烈的开幕典礼和剪彩活动，时任中国外国投资管理委员会副主任的江泽民同志亲自莅临祝贺，场面喜庆热烈。

就这样，第一个合资企业——北京航空食品有限公司成立了！

合资之初，公司只是一个手工作坊式的食品操作间，日配餐量只有 600 来份，资产总额不到 600 万元，利润总额 47 万元。

合资不久，伍沾德来公司实地考察时，他带来了一批供外航用的、代表当时国际水平的配餐材料，有三文鱼、牛柳，还有为牛柳配餐用的专门调味汁及很多不知做什么的进口原材料。

这些叫不出名字的冷冻半成品和配料，不要说当时没人见过，连听也没有听说过。还有那些新奇独特的生产工艺及操作方法，简直让内地同行们看得目瞪口呆。

眼前的一切，对于做惯了中餐的大师傅们来说，既陌生又充满诱惑。

于是，从前的行家们，似乎一下子变成了门外汉。怎么配餐，怎么操作，一切从头学起，甚至连铮光瓦亮的不锈钢器具该如何使用都要仔细揣摩。

就这样，大权全交给港方人员去调度、去指挥。而面对金发碧眼、嘴里叽里咕噜说着听不懂的外语洋上司，大师傅们还要"看老外脸色"行事，心里也不免有几分失落、几分尴尬。

然而，看到外方厨师那规范严格的操作程序和认真的态度，看到那现代化的机械设备和烹饪出来的精美食物，身为厨师，谁不想在自己的职业生涯中添上重彩的一笔，谁又能放过眼前这学习的机会？

心动就要行动。正是站在这第一家合资企业的平台上，员工们看到了一个更为广阔的世界，知道了什么是航空配餐业的国际水平，眼前树起了新的要求、新的标准、新的高度。

也正因为如此，这些中国厨师们，在国外先进配餐技术、配餐理念的冲击下；在残酷的"山外有山、天外有天"比较学的洗礼下；在"知耻者后勇"的刻苦努力中，渐渐成长为当之无愧、能够代表中国航空配餐业较高水平的行家里手。

合资后，发生变化的不仅有厨师，作为中国第一家合资企业，北京航空食品从一诞生起，就直面挑战中国传统旧观念。

不管是面对西方先进配餐技术的诧异，还是面对合资企业管理的迷茫，北京航空食品人在新旧观念交替的裂变中，最早冲破了计划经济时期形成的思维定势和陈旧观念，走出了自己的创新之路。

据当时北京航空食品业务部的吴耀彬后来回忆：

我记得开业之初民航北京管理局只有几十架飞机，两架新引进的波音－747飞机还没有装机图，航机员只能凭印象和飞机上实际的情况进行装卸工作。

当时没有现在这种现代化的食品运输车，只能靠两部破旧的电瓶车进行装卸，食品车所升的高度不够，必须靠人往上抬、用肩往上扛，劳动强度很大，效率也不高。

后来，公司利用引进的资金从香港进口了两部大食品车，加上北京管理局调来的两部车，解决了装卸波音－747飞机的困难。

再以后，随着航班的增加，设备也不断引

进。食品车从原来的5部发展到现在的34部，航班从每天只有几班发展到现在每天180多班，而且各种机型都有装机图，使装机工作井然有序。

总控室的李光会这样回忆道：

公司成立之初，没有专职生产调度员，对外联系、要配餐人数、抄写航班动态都是由配备供应品的员工代管。

一个大约两平方米的角落内放着一张三屉桌，上面一部电话、一部直通对话机就是当时调度室的全部家当。

电话是对外联络的唯一工具，由于当时的通信手段比较落后，对外打电话索要配餐人数时，电话经常拨不出去。有时，为了掌握一个航班的配餐人数要打几十分钟的电话才能联络上。

随着公司业务的发展，总控室渐渐有了外线电话、内线直通、内部广播、报话机，有了对外联系的电传机、英文打字机。目前总控室有各种功能的电脑终端机10多台，生产任务的订单和送货单都有了统一的固定格式。做生产计划、安排每日生产都运用电脑配餐系统，要查问的航班信息全都可以从电脑信息运行系统中获取到。

从以上员工们所讲述的这些年的变化，可以清楚地看到北京航空食品的巨大变化。

确实，北京航空食品的变化是惊人的，北京航空食品有限公司成立8个月后，公司的日配餐量就达到1300份，年营业额为300多万元。1982年日配餐量为2800份，1987年达7100份，营业额是合资前的27倍多。

从1980年5月1日起到1988年5月1日，历时8年的第一期合作中，双方共同努力，风雨同舟，荣辱与共，在经营活动中相互理解和支持，取得了良好的成绩。

合资头3年，就收回了合资的全部投资。到1988年第一期合资结束时，公司已拥有一所现代化的厂房，资产比1980年扩张了近3倍，累计利润达到5600万元，双方所得利润均在投资额的4倍以上。

1987年5月30日，合资双方又签订了二期合同，双方总投资额为2000万美元，注册资本为800万美元，合资期限15年。

2003年4月10日，合资双方在北京又签订了延长经营期限的合同，期限定为20年。

在签订第三次合同的前后，北京航空食品有限公司遇到意想不到的不利情况，即SARS对全国乃至全球航空业的影响。

在艰难的市场大环境下，公司新争取到埃航、国泰、法航等公司的配餐服务协议。

当年，首都机场日需配餐量4.1万份，其中北京航空食品有限公司日均配餐量3.5万份，占市场总量的80%以上。

由于双方配合密切，公司运转正常，生产保持了良好的增长势头。

北京航空食品有限公司投资双方携手共进，走出了一条成功之路，其成果不仅体现在利润上，而且还体现在加速了企业工业化步伐，进一步扩宽了国内外市场，摸索出企业发展和管理的规律，使企业核心竞争力不断得到提升。

北京航空食品有限公司的成功，其意义不仅在其创造了巨大的经济效益，更为重要的是，作为中国第一个合资企业，北京航空食品的成功，吹响了中国经济大规模引进外资的号角。

世界汽车巨头投资中国汽车业

2008年5月,中国汽车工业协会发布,世界汽车巨头在中国的大型整车合资企业已经超过30家。

尤其是在2002年到2004年的3年时间内,汽车合资企业的增长数量超过了10家。

改革开放后,国外轿车开始迅速涌入国门,大众、皇冠、三菱、尼桑、本田等品牌的很多车型在中国市场大受欢迎。

而开放伊始,国产的汽车却存在各种各样的问题,为了满足国内对轿车越来越大和越来越高的需求,引进技术、提高汽车生产水平成为迫不及待的事情。

于是,"用市场换技术"的道路出现在决策者面前。也正因为这个决策,在合资领域,汽车行业的合资规模是最大、最为成功的行业之一。

改革开放之初,中国还没有形成真正的、成规模的轿车工业。

轿车工业化大生产的序幕是从桑塔纳开始的。

1978年,国家计委副主任顾明就轿车引进项目可否搞中外合资问题,请示邓小平。邓小平明确回答道:"可以,不但轿车可以,重型车也可以嘛。"

在国务院的关心下,上海适时抓住这个机遇,将轿车引进项目按中外合资项目与外商洽谈，先后和美国、日本、德国等国的汽车集团公司进行了60多次洽谈，最终选择了德国大众。

和众多境外汽车商一样，德国大众把中国看做世界上最具潜力的轿车市场，并看好上海。

1984年10月，德国大众与上海签订合作协议，成立合资企业上海大众汽车公司。

生产车型选定为桑塔纳，这款车可谓"同步引进"，在双方谈判初期还在开发中。它是当时德国大众"最高档次"的B级轿车，属大众第二代帕萨特。

自桑塔纳开始，中国才真正建立了自己完善的零配件配套企业，培育了现代汽车企业人才，引进了现代汽车技术和生产设备。

自桑塔纳开始，德国大众继续开始迈出它与中国合资的步伐。

1987年10月，时任"大众"董事长的哈恩博士和时任"奥迪公司"董事长的皮希博士，首次访问了当时国内最大的汽车制造厂，长春第一汽车制造厂，即现在的"一汽集团"。

到达一汽后，哈恩等人就"一汽集团"3万辆轿车先导工程项目，同"一汽集团"总经理耿昭杰举行了会谈。

次年8月，"一汽"与"大众"在德国狼堡签署了"一汽和大众公司长期合作备忘录"。

1991年2月,我国第一个按经济规模起步建设的现代化轿车工业基地,即"一汽-大众汽车有限公司"正式成立,中外双方各持股60%和40%。

"一汽大众"建成投产后,其生产"大众"品牌的紧凑型轿车"捷达"和"宝来",以及"奥迪"品牌的中高级轿车"奥迪A6",在中国市场上,都取得了巨大的成功。

特别是"捷达",更是"一汽大众"的看家车。1991年12月5日,第一辆捷达在一汽-大众轿车厂组装下线,拉开了中档轿车开辟中国市场的序幕。

从此捷达与上海大众的桑塔纳、武汉神龙的富康成为了中国人的"老三样",走进了千家万户。

2001年,随着中国加入WTO,"大众"宣布将在未来5年对中国和亚太地区增加投资17亿美元。

借助中国改革开放初期的天时地利,"大众"已使旗下的"大众"品牌深入中国人心。

进入2002年,以4月12日江泽民访问德国为契机,"上汽集团"与"德国大众"续签了双方合资经营"上海大众"的协议,将合资期限又延长30年,同时增资扩股,使总资本由原来的46亿元提高到63亿元,中外持股比例仍各占50%。

为配合这一新的合作模式的顺利实施,"上汽集团"、"上海大众"和"大众中国投资公司"还在2000年8月共同出资组建了新的"上海大众汽车销售公司"。

在整车生产之外,"大众"还将"上汽"和"一汽"这两个中国最大的汽车商拉到一起合资生产变速器。

2001年5月,"上汽集团"旗下的"上海汽车"、"一汽集团"旗下的"一汽轿车"与"大众汽车中国投资公司"共同组建了"大众汽车变速器上海有限公司"。

"大众汽车变速器公司"总投资9600万美元,注册资本3200万元,"大众汽车中国投资公司"出资60%,"上海汽车"和"一汽轿车"各出资20%。

和上海大众、一汽大众相比,另一个中外合资汽车企业产生得更早,它就是北京吉普汽车有限公司。

北京吉普汽车有限公司是北京汽车工业控股有限责任公司与戴姆勒-克莱斯勒公司、戴姆勒-克莱斯勒中国投资公司的合资经营企业。

1979年2月2日,根据中国汽车业发展态势,第一机械工业部和北京市人民政府,联合提出了"关于北京汽车制造厂和美国汽车公司合资经营吉普车公司"的报告。

1983年5月5日,经过反复论证和多次磋商,中美双方终于达成合作意向,并在人民大会堂隆重举行了合同签字仪式。

按最初的合同,双方共同开发军用212吉普车。后来,有一位领导到美国参观后决定引进切诺基,一些人觉得直接把美国的图纸和技术全拿过来可更快见效,就上了切诺基项目,同时将212吉普生产也拿到了合资厂。

● 外资经济

1984年1月15日,"北京吉普"开业,这是开中国汽车业合资先河的大事,也因此,北京吉普被称为中国汽车行业第一家合资企业。

合资之初,精兵强将、好产品都进入了合资厂,差的设备和缺少技术的工人都留给了母厂"北汽"。

1985年9月26日,第一辆命名为"北京吉普"切诺基牌汽车下线。这标志北京吉普公司在引进技术、提高企业制造技术水平上迈上了一个新台阶。

2002年6月6日,中国政府正式批准了"北京吉普"延长30年合资经营的新合同。

同时,北京市还把"北京吉普"新产品的开发列入"十五"发展规划的十大工程之一,以及北京汽车发展的三大"板块"。发展汽车产业成为北京发展现代制造业的龙头,这为北京吉普的发展带来前所未有的转机。

到2003年3月,"北京吉普"终于实现扭亏,结束了从1998年开始的连续60个月的亏损。

到了2004年,"北京吉普"就向社会生产提供了70万辆汽车产品,创造工业总产值达到450亿元,向国家缴纳税费近70亿元。

作为开拓者,"北汽"在计划经济的前提下,开始了寻找合作伙伴,引进资金、技术及管理等诸多方面的探索。虽然在过去的20年里付出了昂贵的学费,但通过与国际合作,为中国的汽车工业请来了老师,这对中国汽车工业的贡献是不可磨灭的。

在客车领域，合资汽车也成为一股重要的力量。

1995年11月，大陆和台湾两岸合作的最大汽车企业"东南福建汽车工业有限公司"正式成立。

在这个合资公司里，"台湾中华汽车"和"福建省汽车工业集团公司"各持有"东南汽车"50%的股份。

2001年，"东南汽车"产销量突破3万辆，一举跃升到国内轻客生产企业第二位，在产销量上仅次于"金杯汽车"。

2002年3月，"东南汽车"与"戴克"合资合作项目说明会在北京举行。

此时，"东南汽车"拟与"戴克"按50比50的比例合资组建新公司，总投资约2.5亿欧元。

首期投资近1亿美元，生产能力两万辆，目标是建立奔驰牌商用车亚洲生产基地，产品向东南亚辐射。

在后来的中国，国内汽车与国外知名汽车的合作非常多，包括宝马、奔驰、通用、福特、丰田、本田、日产、标志等知名品牌的各汽车巨头，都陆续在华建立合资企业。

这些合资企业的建立，既壮大了参与合资的国内企业，同时，也有力地推动了中国汽车行业的飞速发展。

和汽车行业一样，中国的其他制造业、餐饮业、服务业、纺织业等等，都在不同程度上引进了外资。

2005年12月8日，中国商务部副部长魏建国在民营企业对话世界500强活动上介绍，世界最大的500家跨国公司中，已有450家在华投资。

2005年，共有来自202个国家和地区的投资者在华投资，实际外资投资额达到6000多亿美元。投资的领域涉及服务业、制造业、农业基础设施建设等几乎所有行业。

外资的大量流入，为我国带来了国际先进的技术和管理经验，在一定程度上弥补了我国长期存在的"技术缺口"和"管理缺口"，促进了我国技术水平和经济水平的提高。

本书主要参考资料

《大突破》马立诚著 中华工商联合出版社

《春天的故事：深圳创业史 1929~2009》徐明天著 中信出版社

《难忘这八年（1975-1982）》程中原著 世界知识出版社

《转折：亲历中国改革开放》吴思 李晨著 新华出版社

《邓小平的最后二十年》余玮 吴志菲著 新华出版社

《共和国经济风云》赵士刚主编 经济管理出版社

《中南海三代领导集体与共和国经济实录》王瑞璞主编 中国经济出版社

《改革开放搞活一百例》《北京日报》总编室编 北京日报出版社

《大浮沉：1987-1997 中国改革人物追踪》邢军纪等著 中国税务出版社